Johanna Zaïre

Les Roitsy de Magara Kisi

Le Crépuscule des Puissances

Tome 1

Introduction

Les anciens de Magara Kisi racontaient que la Terre était une de nos semblables. Ils disaient que, comme nous, elle pouvait vivre et avoir des émotions. Ils la considéraient comme une mère et l'appelaient par son nom : Gaïa. Les légendes disaient que lorsque le vent souffle, Gaïa chante, lorsqu'il pleut, Gaïa pleure, et lorsque le temps est à l'orage, Gaïa gronde.

Au fur et à mesure du temps, l'être humain devint puissant, car il apprit beaucoup grâce aux ressources offertes par Gaïa qui lui permirent d'évoluer. Plus les siècles passaient et plus l'évolution de l'Homme s'amplifiait. Mais l'Homme était cupide et insatisfait. Il prenait tout ce qui était à sa disposition et bien plus encore. Et s'il avait su...

Durant un doux soir de printemps, Soulia et Liam se rendirent dans le vieux temple circulaire de l'ancienne

Magara Kisi. Là, Edna, l'une des Anciens de cette ville antique, vint les trouver et leur dit ceci :

Le jour arrivera
Où Gaïa tombera,
Blessée par son allié
Qui n'a su la préserver.

Elle a trop enduré
Et préfère sombrer,
Pour punir l'inconscient
Qui profite aisément.
Pour punir l'insouciant
Qui était son enfant.

Chapitre 1

Soulia était dans sa chambre, cherchant encore quels vêtements elle allait porter aujourd'hui. La jeune femme d'une vingtaine d'années n'arrivait pas à se décider et comme toujours, elle appela Liam à la rescousse.

— Dis-moi ce qui est mieux, s'il te plaît. Le rouge ou le noir ? questionna-t-elle en lui montrant deux hauts différents.

— Sans hésiter le rouge.

Elle le remercia en l'embrassant et continua de se préparer.

— Tu vas où ? demanda Liam curieux, adossé au mur de la chambre.

— Je vais rendre une petite visite à Edna, tu veux venir ? Je l'ai croisée à la boulangerie hier, et elle m'a demandé si je pouvais l'aider pour quelque chose.

— Non merci, je vais m'en passer... L'aider pour quoi faire ?

— Je ne sais pas, elle ne me l'a pas dit. Mais bon... Cette pauvre dame vit toute seule, et à son âge, ça ne doit vraiment pas être facile, donc je lui ai dit que je passerai la voir aujourd'hui.

Liam hocha la tête sans prononcer un mot de plus. Il la regarda se dépêcher pendant un instant, puis retourna dans le salon. Lorsqu'elle fut prête, Soulia sortit de la maison, salua Monsieur Hedman, leur voisin qui était en train d'arroser ses fleurs, et s'avança dans la rue. Ce magnifique soleil la rendait joyeuse et lui donnait presque envie de danser, si bien qu'elle allait d'une démarche plutôt enjouée. Elle se serait d'ailleurs certainement mise à faire quelques pas de danse si elle n'était pas si réservée.

Après quelques minutes de marche, elle arriva devant la maison d'Edna qui vint lui ouvrir rapidement. À l'intérieur, il faisait très sombre et une odeur d'encens embaumait l'air.

Sur les étagères en bois, des fioles et des objets bizarres s'amoncelaient, tandis que d'étranges tableaux ornaient les murs dont la tapisserie pourpre se décollait par endroits, laissant apparaître du plâtre grisâtre. L'un des tableaux représentait une femme nue avec un collier autour du cou, sa main droite était posée sur le couvercle d'un panier qu'elle semblait refermer, et dans sa main gauche elle tenait un serpent qui lui mordait le téton gauche[1]. Il y en avait un autre qui représentait une femme portant une robe verte, de l'époque du moyen-âge. Elle avait un plat dans les mains, au-dessus duquel il y avait une tête tenue par une autre main qui n'était pas la sienne[2]. Soulia trouva ça morne, mais tellement bien représenté, qu'elle ne put s'empêcher de les trouver beaux.

Elle suivit la vieille dame vers une pièce qui semblait être la salle à manger, ou peut-être était-ce un salon ? Il y avait une grande table et des chaises en bois foncé, ainsi que des vieux fauteuils en cuir mal entretenus, une petite table basse en verre salie par des traces de doigts et de la poussière, et le long d'un mur, une immense bibliothèque en bois dont les étagères n'étaient pas droites.

Soulia scruta l'endroit, ne s'y sentant pas très à l'aise. Un chat noir aux yeux vairons vint se frotter à ses jambes pour réclamer des caresses, tandis qu'elle restait debout à observer ce lieu étrange. Elle remarqua que les fenêtres étaient toutes condamnées par des morceaux de cartons collés avec du ruban adhésif. Seuls de fins rayons de lumière arrivaient à se frayer un chemin pour entrer dans

---

[1] Tableau de Giampetrino représentant la Mort de Cléopâtre.

[2] [3] Tableau de Bernardino Luini représentant Salomé recevant la tête de St Jean Baptiste

la pièce éclairée seulement à la bougie. *Comment peut-on vivre ainsi ?* se demanda la jeune fille. Edna la sortit alors de ses songes :

— Voulez-vous du café ? Du thé ?

— Non, merci Edna.

La vieille dame chercha alors sur les étagères de la grande bibliothèque et attrapa l'un des nombreux livres. Il devait y en avoir une centaine, peut-être même plus. Elle épousseta l'épais bouquin de ses doigts ridés, l'ouvrit, en tourna quelques pages et le tendit à Soulia qui se tenait devant elle. La couverture était sombre, épaisse, craquelée et l'on pouvait lire le titre en belles lettres dorées :

Lès Roitsy édé Magara Kisi

À l'intérieur, les pages étaient fines, marron dans les tons clairs, et les lettres étaient bien noires. L'encre était encore brillante comme s'il venait tout juste d'être imprimé. Soulia regardait cette antiquité avec de grands yeux ronds, éblouie de voir une telle merveille. Ce livre était magnifique. Elle admirait les objets anciens. Et ce titre l'intriguait tellement qu'elle ne put s'empêcher de poser la question à Edna qui patientait :

— Que veut dire ce titre ?

— Lès Roitsy édé Magara Kisi. C'est du Magar, la langue de Magara Kisi. Ça veut dire les Récits de Magara Kisi.

Edna alla prendre place dans un fauteuil au cuir bien abîmé et déchiré par endroits puis quémanda à la jeune femme :

— Lisez à partir de la page trois à voix haute, je vous prie.

Soulia alla s'asseoir dans un autre siège à côté de celui d'Edna, posa le livre sur ses genoux et se mit à lire à voix haute le long texte qui apparut sous ses yeux assombris par l'obscurité de la pièce.

Lorsqu'elle fut plongée dans la lecture, le monde autour d'elle n'exista plus. Elle se sentit transportée au cœur des vers et des rimes qui n'en finissaient plus. Elle sentit une boule se former dans le creux de son estomac. *Que ce poème est poignant !* pensa-t-elle entre deux strophes. Ses yeux s'agitaient dans leurs orbites en parcourant les lignes, les pupilles étrangement rétractées. Le salon d'Edna avait laissé place au néant le plus total. Elle était comme dans l'espace, mais dépourvu d'étoiles. En fin de lecture, elle releva la tête, se sentant légèrement étourdie, ses pupilles reprirent un aspect normal et le néant s'éclipsa soudain. Elle déclara alors d'un ton solennel :

— C'est un très beau poème, Edna.

— Oui en effet, sourit la vieille dame. Il évoque beaucoup de choses.

— C'est vrai, et je pense que beaucoup de gens devraient le lire, et peut-être que le monde changerait.

— Je ne pense pas, trancha celle-ci.

En entendant le ton froid employé par la vieille dame, Soulia se sentit gênée. Cette dernière l'observait d'un regard insistant dans lequel elle pouvait discerner une certaine folie, pas méchante, mais troublante.

— En quoi puis-je vous aider ? hésita-t-elle la gorge serrée.

— M'aider ? s'étonna la vieille dame avec un petit sourire au coin des lèvres. M'aider pour quoi faire ?

— Hier vous m'avez demandé de passer pour vous aider à faire quelque chose, mais vous n'avez pas précisé quoi... Vous ne vous rappelez plus ?

— Eh bien non, je suis désolée jeune fille... Vous savez à mon âge, on perd assez vite la mémoire, ricana cette dernière.

Soulia considéra la femme âgée qui se tenait dans son fauteuil, une main sur l'accoudoir, l'autre caressant son chat qui ronronnait, couché sur ses genoux. Edna avait un visage long au menton fuyant et aux joues creusées avec l'âge, un nez légèrement crochu et des cheveux roux et grisonnants, hirsutes et en bataille. Son visage ridé laissait entrevoir toutes les marques que la vie lui avait infligées, et dans ses yeux marron foncé, il y avait une petite étincelle changeante qui intriguait la jeune fille. Edna avait un regard malicieux, comme celui d'un enfant. Elle portait toujours une grande cape grise à capuche qui la recouvrait entièrement. Soulia hésita un instant puis mit fin au silence qui régnait dans la demeure :

— Il n'y a pas de mal. Vous avez peut-être besoin de quelque chose ?

— Non, pas que je me souvienne, je ne vais donc pas vous retarder plus que ça.

— Vous êtes sûre ? Ça ne me dérange vraiment pas, insista-t-elle.

— Oui, ne vous en faites pas jeune fille. Profitez donc de votre journée. Rentrez chez vous, vous avez déjà été bien gentille de venir jusqu'ici.

Soulia regarda la femme de quatre-vingt-cinq ans toujours assise dans son fauteuil, se leva et se dirigea vers la porte d'entrée. Elle posa la main sur la poignée et perçut le son de la voix de cette dernière qui parlait seule. Elle patienta un peu en se demandant s'il était vraiment sage de la laisser sans personne. Puis, elle se résolut à sortir et reprit le chemin de sa maison, tout en essayant de se remémorer quelques rimes du poème encore frais dans sa tête.

Ici, tout le monde se connaissait tellement la ville était petite. Soulia salua les habitants qu'elle croisait en route, tantôt d'un signe de main, tantôt de quelques mots. Cette petite ville, située dans le sud de la France et connue sous le nom de Zone 1, avait été bâtie sur une ancienne cité antique. Certains monuments y demeuraient toujours, si bien qu'au milieu des immeubles de béton et maisons de pierres, se dressaient de magnifiques temples de calcaire doré et des statues sculptées dans la pierre, hérités de l'ancestrale Magara Kisi.

La jeune femme arriva enfin chez elle et retrouva Liam dans le garage en train de faire du rangement. Ce grand brun aux yeux bleus lui faisait chavirer le cœur depuis cinq ans déjà. Elle l'observa pendant un moment, alors qu'il ne l'avait toujours pas remarquée.

Elle alla vers lui, l'embrassa tendrement, et commença à l'aider tout en lui racontant ce qui s'était passé chez la vieille dame. Liam l'écouta attentivement et la taquina, lui disant qu'Edna n'était qu'une vieille sorcière, ce qui la faisait gentiment enrager.

Chapitre 2

Une voix doucereuse résonnait dans la pièce en ce doux matin estival :

— Bonjour et bienvenue sur ZTV[3] ! Nous sommes le six juillet deux-mille-dix et il est huit heures. Voici le flash infos.

Assis dans leur canapé, Soulia et Liam regardaient le journal télévisé diffusé sur ZTV, la chaîne locale de la Zone 1. Le jour s'était levé sur la petite ville, alors que le brouillard s'estompait et laissait place au soleil. La maison dans laquelle vivait l'heureux couple était une demeure typique des premières maisons construites dans la Zone 1 : tout en pierre et paraissant ancienne vue de l'extérieur, mais à l'intérieur se dégageait une certaine modernité. Les murs étaient beige crépis, il y avait une cuisine américaine dans les tons noirs et gris qui donnait sur un vaste salon avec baie vitrée, et une terrasse exposée au soleil lorsqu'il est au zénith. Dans l'entrée, un

---

3 Abréviation de Zone TéléVision. Chaîne locale de la Zone

escalier en bois ciré permettait d'accéder au premier étage où se trouvaient une salle de bain, des toilettes et deux chambres à coucher : celle de Liam et Soulia, et celle de Dana, la petite sœur de cette dernière, qui vivait avec eux. C'était une maison spacieuse et d'un grand confort, idéale pour fonder une famille.

Soulia se leva et se dirigea vers la cuisine pour prendre deux verres de jus d'orange. N'entendant plus la télévision à cause des aboiements incessants de Gold, le chien des voisins, elle demanda d'une voix forte :

— Liam, chéri ! Tu peux monter le son s'il te plaît ?

Il prit la télécommande, augmenta le son et répondit :

— Tu devrais venir voir.

La jeune femme sortit de la cuisine les deux verres à la main et observa attentivement les images diffusées à l'antenne, restant debout derrière le canapé.

— Nous venons d'apprendre qu'un cyclone a frappé l'Australie, il y a maintenant deux heures, annonça Carry Snow, la journaliste. Il balaye actuellement toute la côte Est du pays détruisant tout sur son passage.

Soulia soupira :

— On dirait bien que Gaïa se réveille...

— Ne me dis pas que tu crois ce que raconte Edna avec ses stupides histoires de fin du monde ? demanda Liam d'un air moqueur en se retournant pour la regarder.

Elle soupira de plus belle et vint s'asseoir près de lui :

— Je ne sais pas... Je trouve que des choses étranges se passent ces derniers temps. Tu te rappelles la semaine dernière, ZTV parlait des attaques de requins qui sont de plus en plus fréquentes. Il paraît que c'est lié à la faille dans le champ magnétique de la Terre.

Il la regarda perplexe, haussant les sourcils avant d'enchérir :

— Je ne vois pas le rapport avec ce qui se passe en Australie...

— La Terre change et cela impacte le comportement des animaux, c'est prouvé scien-ti-fi-que-ment, rétorqua-t-elle. D'ailleurs, tu ne trouves pas que Gold agit bizarrement en ce moment ? Il aboie sans cesse en regardant vers le ciel.

Il haussa les épaules et jeta un œil par la baie vitrée. À travers les rideaux transparents de couleur pourpre, il pouvait apercevoir le chien dans le jardin d'à côté, en train de japper comme venait de le dire Soulia.

— Ce chien est vieux et bête, c'est normal qu'il braille pour un rien, sourit Liam en lançant un petit regard taquin à sa moitié avant de se retourner vers la télévision.

Soulia ne répondit pas et alla dans sa chambre. Elle s'assit sur son lit et considéra ses quatre poupées installées sur une étagère. Puis elle prit Pauline, sa cinquième poupée qu'elle posait délicatement sur son lit chaque matin. C'était celle qu'elle préférait : des cheveux bouclés noirs, un petit nez, des lèvres rosées, une robe blanche avec des motifs fleuris bleus sur les manches, et un chapeau assorti. Elle adorait ses poupées, et même si elle avait passé l'âge de jouer avec, elle prenait un grand plaisir à les coiffer. Parfois même, elle leur parlait. Elle disait qu'elle avait l'impression de trouver du réconfort lorsqu'elle regardait leurs yeux de verre. Surtout ceux de Pauline, c'était comme si cette poupée pouvait voir le monde à travers ses cristaux marron.

Elle se perdit dans ses pensées pendant quelques minutes, jusqu'à ce que Liam entre dans la chambre et s'approche d'elle :

— Il ne faut pas t'inquiéter... Si vraiment nous étions en danger, le gouvernement aurait pris des mesures de sécurité.

Soulia, le regard pensif, toujours dans le vague, lui répondit calmement :

— Et si Edna avait raison ?

Voyant qu'elle était vraiment perturbée par tout cela, il vint s'asseoir près d'elle, la prit dans ses bras et déposa un baiser dans son cou. Il l'aimait tellement qu'il ne supportait pas de la voir anxieuse, surtout lorsqu'il y était pour quelque chose. Il la taquinait souvent et elle ne disait jamais rien, même quand il allait un peu trop loin, elle partait simplement s'isoler un peu sans lui faire aucun reproche. Ça ne durait jamais longtemps, Liam venait toujours s'excuser.

— Je ne pense pas qu'Edna dise vrai, reprit-il doucement. Si Gaïa est vraiment l'une de nos semblables et notre mère, alors elle n'aurait pas la force de détruire ce qu'elle a créé.

Chapitre 3

Le soleil était au plus haut et réchauffait ardemment les rues pavées de la Zone 1. L'été battait son plein et avec cette forte luminosité, les grands immeubles de béton paraissaient moins ternes. Les balcons fleuris, où l'on pouvait voir des abeilles butiner, redonnaient de la vie à cette ville située non loin des usines qui laissaient s'échapper de gros nuages noirs ; les seuls qu'on pouvait percevoir dans le ciel. Les acacias qui encadraient la route principale étaient en fleurs et attiraient des papillons aux multiples couleurs.

Non loin de là, les habitants s'adonnaient à leurs occupations quotidiennes : le jardinage pour certains, d'autres arpentaient les rues de la ville, sans oublier ceux qui travaillaient ce jour-là, mais avec les vacances scolaires qui venaient de débuter, la Zone 1 était bien animée.

Dana se leva enfin. Emmitouflée dans son sweat à capuche rose et son bas de jogging gris en velours, elle se dirigea vers le salon où elle salua Liam et Soulia. Puis elle prit place dans le fauteuil, son téléphone portable à la main, et commença à tapoter sur les touches. Elle avait dix-sept ans, le visage fin, les yeux vert-noisette et ses longs cheveux ondulés châtains retombaient bien coiffés sur ses épaules tandis qu'une mèche, plus courte que les autres, venait se torsader au coin de son œil gauche.

— Vous avez prévu quoi aujourd'hui ? Vous allez sortir ? interrogea-t-elle.

— Je ne pense pas, répondit sa grande sœur, plongée dans sa lecture.

Le couple avait pris quelques jours de vacances et en profitait pour « ne rien faire ». Habituellement, Liam travaillait sur les nouvelles constructions qui étaient en cours à quelques kilomètres de la Zone 1. Avec son statut de chef de chantier, il gagnait plutôt bien sa vie, ce qui permettait à Soulia de travailler en tant que pigiste pour ZTV. Elle n'était pas forcément bien rémunérée, mais elle aimait son travail de recherches, et ce malgré les relations parfois difficiles avec Carry Snow. Cette journaliste ambitieuse et créatrice de la chaîne avait toujours tendance à fliquer toutes les personnes qui travaillaient pour elle. Heureusement pour cette dernière, Soulia était d'une grande patience.

— Nous avons du rangement à faire pour la brocante, reprit Liam qui zappait en continu, ne trouvant rien d'intéressant à regarder sur le petit écran.

— La brocante est dans trois mois ! s'étonna Dana en rangeant son téléphone dans sa poche.

— C'est exact, mais il y a beaucoup de tri à faire, et plus vite ce sera fait et mieux ce sera, argumenta-t-il tout en continuant de zapper en boucle.

— En tout cas, Soulia, si tu veux vendre tes poupées, tu me le dis, parce que je voudrais les récupérer.

Sa grande sœur sourit sans se détourner de sa lecture, mais ne répondit pas. Dana savait très bien qu'elle n'avait pas l'intention de se débarrasser de ses Demoiselles de Porcelaine. Cette dernière plaça son marque page au creux du roman qui la captivait et le referma. Puis, elle dévisagea l'adolescente :

— Et toi Dana, tu vas faire quoi aujourd'hui ?

— Je pense sortir avec mes amis. Steve veut qu'on aille tous à la Fontaine de Misère pour voir si ce qu'on raconte est vrai, dit-elle en riant.

Le couple la fixa un instant, si bien que la jeune demoiselle se trouva embarrassée. C'était comme si ce qu'elle venait de dire était une monstrueuse erreur et leurs regards insistants évoquaient précisément leur étonnement et leur mécontentement. Sa sœur avait ouvert de grands yeux stupéfaits, tandis que Liam fronçait les sourcils. Il semblait que les plans qu'elle avait pour cette belle journée ne leur plaisaient guère.

— Quoi ? Vous croyez vraiment qu'elle est hantée ? finit-elle par dire.

— Non, pas du tout, riposta Liam. C'est dangereux d'aller là-bas. Le chemin est escarpé, c'est en pleine forêt et personne n'y va jamais, donc on ne sait pas ce qui peut se passer.

— Ne vous inquiétez pas, il y aura Steve, Andrea et aussi Gismonde... Et même peut-être d'autres potes ! Et puis justement, si personne n'y va, on sera tranquilles...

Soulia lança un regard plein d'appréhension à Liam dans l'espoir qu'il la dissuade, mais rien à faire. Si Dana avait décidé qu'elle irait là-bas, elle le ferait, et Soulia en était consciente. Elle était responsable de Dana depuis que sa chère petite sœur avait voulu venir vivre dans la Zone 1. *« S'il vous plaît, c'est la ville la plus cool du monde ! »* leur avait-elle dit.

Leurs parents quant à eux, n'avait pas donné de nouvelles depuis très longtemps et restaient injoignables. Soulia pensait qu'ils lui en voulaient du fait que Dana veuille vivre avec elle plutôt qu'avec eux, mais dans le fond, elle n'y était pour rien. C'était le choix de sa petite sœur, pas le sien.

L'adolescente alla se préparer, tandis que Liam commençait à cuisiner le repas. De son côté, Soulia s'apprêtait à mettre la table quand soudain...

— Liam, viens vite voir !

— Après l'Australie, c'est au tour de l'Amérique Centrale de subir les vents déchaînés, commenta Carry Snow dans le petit écran. En effet, un ouragan s'est abattu sur les terres mexicaines, faisant de nombreux dégâts et de très nombreuses victimes. Plusieurs pays se sont déjà mobilisés pour venir en aide aux survivants. Rappelons également que le cyclone qui a frappé l'Australie il y a six heures, a gagné en intensité...

— Tu as vu ça ? lança Soulia.

Il ne sut que répondre. Au fond de lui, il commençait à croire qu'elle avait peut-être raison de dire que Gaïa se réveillait. Mais une fin du monde n'était pas envisageable pour lui, il avait trop de projets en tête pour eux. Il commençait tout juste à vivre une vraie vie de couple avec sa moitié. Ayant récemment emménagés ensemble, il ne pouvait s'imaginer de tout perdre.

Il retourna dans la cuisine pour finir le repas, alors que Soulia, à présent assise dans le canapé, fixait l'écran, immobile et attristée.

Ces images qui défilaient en flash, faisaient preuve de grands dommages et de beaucoup de violence. Les vents soufflaient sans s'arrêter, les toits s'envolaient, les gens s'agrippaient tant bien que mal à ce qui tenait encore. Les ravages étaient considérables. Les forces de la nature se déchaînaient en Australie et au Mexique, ne laissant aucun répit à ces habitants sans défense.

Chapitre 4

Pendant une semaine, les discours entre habitants de la Zone 1 ne parlaient que des catastrophes naturelles survenues dans les deux pays à présent meurtris. Les Magars, qui avaient acquis ce nom en référence à l'ancienne citadelle, s'inquiétaient de plus en plus, croyant dur comme fer aux légendes racontées par les anciens au fil des ans. Ils se rendaient dans les vieux temples pour y prier Gaïa, car pour la plupart d'entre eux, il n'y avait pas de doute : leur Mère était en colère. Les plus inventifs imaginaient même des scénarios improbables, qui pourraient se produire au sein de la Zone 1. Finis les reportages concernant le paranormal, ZTV avait trouvé mieux. Les documentaires sur les catastrophes naturelles s'enchaînaient, et Carry Snow eut la bonne idée d'inviter Edna, cette bonne vieille voyante... Du moins c'est-ce qu'elle croyait être.

En direct, l'octogénaire annonça une fin des temps très proche et suite à ses révélations, les polémiques au sein de la petite ville fusèrent. Les habitants n'étaient pas rassurés et en oubliaient presque que la Fête Nationale devait avoir lieu.

En cette nuit de 14 juillet, le maire de la Zone 1 avait concocté quelque chose de grandiose pour distraire ses habitants, afin d'apaiser leurs craintes ne serait-ce que le temps d'une soirée. Pour ce faire, il avait prévu un énorme buffet, un DJ et un magnifique feu d'artifice.

En bons citoyens qu'ils étaient, Soulia, Dana et Liam s'apprêtaient à partir pour célébrer la Fête Nationale, quand quelqu'un vint sonner chez eux. Soulia s'avança jusqu'à la jolie porte en bois aux vitres granitées, l'ouvrit et vit la vieille dame se tenir devant elle, drapée comme à son habitude.

— Edna, que faites-vous ici ? Vous n'allez pas à la fête ?

En réalité, Soulia ne savait que dire, car ce n'était pas dans les habitudes d'Edna de rendre visite aux autres.

La vieille dame ne bougeait pas, elle était simplement là, devant la jeune femme, la regardant fixement avec toujours la même étincelle malicieuse au fond des yeux. Le silence de la nuit s'empara des lieux pendant un court instant et fut brisé par l'arrivée de Liam qui vint voir ce qui se passait :

— Oh ! Bonsoir Edna ! lança-t-il.

La vieille dame ferma les yeux, puis les rouvrit, levant la tête vers le ciel étoilé et entra dans une transe qui la faisait légèrement trembler. Elle ouvrit les bras sous sa cape et parla d'une voix forte venant des tréfonds de sa gorge :

Le pays accablé
Par les vents déchaînés,
Dès demain va tomber,
Et sera oublié.

De la force des eaux
Venues d'en bas ou d'en haut,
Des terres seront meurtries
Et tomberont dans l'oubli.

Alors que Soulia sentit une inquiétude monter en elle et fut prise d'un étonnement certain, Liam resta de marbre, fronçant les sourcils :

— Encore une de tes prédictions stupides ! On n'a pas le temps, on va être en retard pour le feu d'artifice, gronda-t-il agacé. Soulia, tu es prête ?

Celle-ci hocha la tête et sortit de la maison, raccompagnant la vieille dame à présent calme jusqu'au portail.

— Dana on y va ! cria-t-il avant d'entendre l'adolescente dévaler les escaliers à toute vitesse.

— C'était qui à la porte ?

— C'était la vieille fo... Edna ! lança-t-il encore mécontent de la venue de l'octogénaire.

— Toi, tu allais dire du mal de cette pauvre dame ! rigola Dana en sortant.

— Elle m'énerve... Elle a réussi à faire croire des choses à ta sœur... des choses qui lui font peur... Je n'aime pas ça !

Il ferma la porte à clé et s'avança dans l'allée avec Dana qui l'attrapa par le bras.

— Je suis vraiment contente que tu sois avec Soulia. Tu es quelqu'un de bien pour elle.

— Merci Dana ! s'exclama-t-il content de la déclaration de l'adolescente.

Pendant le trajet vers le centre-ville, Soulia resta silencieuse et pensive, réfléchissant aux paroles d'Edna qui résonnaient en boucle dans sa tête. En arrivant sur la grande place, Derek, l'ami d'enfance de Liam vint les trouver. Il était aussi grand que Liam, mais bien plus musclé. Ses cheveux très courts et noirs comme le plumage d'un corbeau encadrait son visage carré aux pommettes saillantes.

— Ce n'est pas trop tôt ! Je commençais à croire que vous ne viendriez pas !

— Désolé, on a été retardés. Edna est venue nous rendre visite, s'enquit Liam.

— Edna est venue vous rendre visite ? répéta ce dernier perplexe, en exagérant sur chaque mot.

— Oui, elle nous a fait une autre de ses prédictions.

— Ah... Et je suppose que tu n'y crois toujours pas.

Haussant les sourcils avec un sourire taquin en coin, Liam savait que son ami n'avait pas forcément besoin d'une réponse de sa part, mais il se prit au jeu de ce dernier et répondit en s'esclaffant :

— Bien sûr que non ! C'est impossible de prédire l'avenir !

— Ah ! Ah ! C'est tout toi ça ! Parfaitement terre à terre, mais l'avenir nous le dira mon pote !

Chapitre 5

Le jour se leva sur la Zone 1, la ville avait retrouvé son calme après la célébration de la fête Nationale. Ce matin-là, Liam fut réveillé par les aboiements de Gold. *Stupide chien !* pensa-t-il. Il se leva et alla dans la cuisine, releva les stores et prit un en-cas dans le réfrigérateur. Gold aboyait toujours, ce qui irrita le jeune homme. Il se retourna, ouvrit la porte-fenêtre et sortit sur la terrasse aux dalles de bois où une table, des chaises, un barbecue et un hamac étaient disposés.

— Gold ! Tais-toi ! râla-t-il.

Mais le vieux chien louvet de grande taille, aux poils courts et ébouriffés sur son dos, continua de plus belle. Ses petites oreilles noires retombant en forme de triangle et ses petits yeux ronds d'un noir profond lui donnaient un air guilleret.

Liam s'approcha du grillage qui séparait leur maison de celle de monsieur Hedman, le propriétaire de Gold, s'accroupit et commença à entamer une discussion de rigueur avec l'animal qui n'en avait que faire.

— Eh ! Corniaud ! T'en as pas marre de nous casser les oreilles tous les jours ?

Soudain, il se redressa. Il y avait quelqu'un devant le petit portail de monsieur Hedman : un homme mince, de grande taille, encapuchonné de façon à ce que personne ne puisse distinguer son visage. *Voilà pourquoi tu aboies…* songea Liam. Il interpella l'homme, mais ce dernier ne répondit pas. Au lieu de ça, il s'éloigna jusqu'à ce que Liam ne puisse plus le voir. Gold s'était tut et Liam le regarda préoccupé.

— Tu es peut-être vieux, mais tu es encore un bon chien de garde ! dit-il en rigolant.

Le chien se retourna vers lui et aboya une fois, comme s'il avait compris ce qu'il lui avait dit.

Liam rentra dans la cuisine et s'aperçut que la télévision était allumée. Il pensa que Soulia ou Dana était levée, mais il se rendit compte que la maison était bien silencieuse. Il alla voir dans leurs chambres respectives. Les deux filles dormaient encore.

— Je ne me rappelle pas avoir allumé la télé, se dit-il à haute voix.

Il alla dans le salon, prit la télécommande pour l'éteindre, mais il arrêta soudain son geste.

— Nous allons maintenant essayer d'établir le contact avec notre envoyé spécial en Russie, où comme vous pouvez le voir sur ces images, d'énormes grêlons, qui ressemblent plus à des blocs de glace, tombent du ciel depuis ce matin, déclara Carry Snow. C'est du jamais vu ! Selon nos sources, ce phénomène s'étend aussi en Finlande, en Suède et en Norvège. Les hôpitaux sont débordés, tellement le nombre de victimes est lourd. Ils n'ont pas la capacité humaine ni technologique pour accueillir des milliers de patients. Nous n'arrivons malheureusement pas à contacter notre envoyé spécial. Nous essaierons de nouveau lors du flash info de midi. Après cette courte page de pub, nous reviendrons sur les vents qui ont soufflé l'Australie… Euh… qui ont soufflé *sur* l'Australie, excusez-moi, et sur l'Amérique Centrale.

— Tu penses toujours que Gaïa ne s'est pas réveillée ?

Liam se retourna. Soulia se tenait derrière lui et avait vu les images diffusées par ZTV.

— Écoute, ma chérie, je sais que tu t'inquiètes et que tu crois à des tas de choses qui sont totalement absurdes pour moi mais… Je suis persuadé qu'il y a une raison scientifique à ces événements et non pas que Gaïa soit en colère. Je suis sûr aussi que ça va cesser et que nous n'avons rien à craindre.

— J'espère que tu as raison, lui répondit-elle en s'installant sur le canapé à côté de lui pour se blottir dans ses bras.

Dans leur écran, Carry Snow avait repris son programme. Cette journaliste d'une trentaine d'année, blonde aux yeux foncés, aux lèvres pulpeuses et toujours bien habillée et maquillée, rêvait de pouvoir un jour faire partie des plus grands du monde de la télévision, et ça, à n'importe quel prix.

— Comme vous pouvez le voir, non seulement l'Australie a été dévastée par les vents, mais ce pays a également été en très grande partie, submergé par les flots, tout comme l'Amérique Centrale. Les images qui vont suivre peuvent être choquantes.

En effet, Carry Snow avait raison. Les images satellites montraient les terres australiennes, ou plutôt ce qu'il en restait, et il ne restait quasiment rien. D'autres images, prises de plus près, dévoilaient des corps inertes éparpillés dans la mer qui entourait cette île dont la taille avait été quasiment réduite de moitié. Sur les terres qui subsistaient, il n'y avait que décombres, corps gisants, et une poignée de survivants mal en point... Des miraculés. Les paysages qui défilaient étaient tous apocalyptiques et dignes des plus grands films-catastrophes.

L'Amérique Centrale était, quant à elle, pratiquement dans le même état que l'Australie. ZTV diffusa d'autres images satellites des deux pays meurtris. L'Australie était devenue une petite île, et l'Amérique Centrale avait également perdu beaucoup de ses terres, si bien que l'Amérique du Nord et l'Amérique du Sud étaient dorénavant séparées par la mer.

— Le visage du monde va-t-il encore changer ? enchaîna la journaliste. Nous en reparlerons juste après le reportage sur la fonte des glaciers.

— Essaie de ne pas y penser mon ange, déclara Liam.

Malgré sa patience, Soulia s'énerva à la grande surprise du jeune homme :

— Liam ! Regarde les choses en face. Tu te souviens de ce qu'Edna nous a dit hier soir ?

— Non, j'ai arrêté de prêter attention à ses bobards.

— Eh bien, tu ne devrais pas. Parce qu'elle avait raison ! Je ne me rappelle plus des termes exacts, mais elle a dit que le pays qui avait subi les déchaînements des vents allait tomber et autre chose en rapport avec l'eau.

— Et tu penses qu'elle parlait de l'Australie, c'est ça ? soupira-t-il dubitatif.

— Je ne le pense pas, j'en suis sûre ! s'exclama-t-elle.

Il préféra ne pas enchérir et se plongea dans un moment de réflexion. Soulia qui était plutôt en colère essayait de reprendre son calme.

— Liam... Je sais que tu es très terre à terre et que tout ça te dépasse, mais il faut me croire. Je suis sûre qu'il y a une part de vrai dans ce que dit Edna, et ça m'inquiète vraiment... J'ai besoin de toi.

Liam restait silencieux, il ne la regardait plus. Les yeux dans le vague, comme déconnecté de la réalité.

— Liam... Chéri, j'ai besoin de toi, et j'ai besoin que tu me croies... S'il te plaît, quémanda-t-elle les larmes aux yeux.

— Donc tu crois vraiment que la fin du monde est proche ?

— Je ne sais pas. Je sais juste qu'hier, Edna ne s'est pas trompée. Peut-être que la fin du monde est proche ou peut-être pas, mais en admettant qu'elle le soit, je veux savoir quoi faire. Je ne veux pas vous perdre toi et Dana. Je veux aller parler à Edna... avec toi... S'il te plaît.

Soulia pleurait à présent. Elle était perdue et avait peur pour l'avenir qu'elle voyait proche de la perfection. Un grand mariage, un enfant ou peut-être même deux ou trois, une vie de famille simple et harmonieuse.

Liam sortit de ses pensées, lui caressa la joue et la serra dans ses bras.

— D'accord, on ira voir Edna tout à l'heure, mais je veux que tu restes confiante et que tu gardes un minimum les pieds sur terre. Tu sais que j'ai horreur de te voir anxieuse, ça me fait mal.

— Je sais oui. J'ai les pieds sur terre, mais c'est juste que je vous aime tellement toi et Dana et que j'ai peur de vous perdre. Du coup, jc ne peux m'empêcher de la croire un peu.

— Tu réfléchis trop mon ange, murmura-t-il. Ne t'inquiète pas, je suis là et quoi qu'il se passe, jamais je ne t'abandonnerai.

Chapitre 6

Dana était prête pour aller retrouver ses amis à la Maison des Jeunes de la Zone 1. De son côté, Soulia rangeait la cuisine, tandis que Liam se préparait pour accompagner sa belle chez l'octogénaire qui l'importunait. Il n'avait pas vraiment envie d'y aller et espérait que Soulia se rende compte de l'idiotie des propos d'Edna la « vieille sorcière ». Il ressassait les dires de celle-ci et ceux de sa compagne, puis il revoyait les images des catastrophes diffusées sur ZTV et ses entrailles commencèrent à se resserrer. *Et si c'était vrai ? Non, c'est absurde !*

La jeune Dana descendit les escaliers à toute allure comme toujours, son sac à main mal fermé sur l'épaule. Elle se rua vers la cuisine et ouvrit les placards à la recherche d'un en-cas.

— Vous sortez aujourd'hui ? demanda-t-elle à Soulia.

— Oui, nous allons voir Edna, mais nous n'en n'avons pas pour longtemps.

Dana se stoppa net dans sa précipitation et dévisagea sa grande sœur qui était en train de nettoyer le plan de travail, sérieuse, calme et silencieuse comme à son habitude.

— Comment ça, *vous* allez voir Edna ? Sans blague ! Liam vient avec toi ?

Soulia hocha la tête avec un léger sourire, ce qui fit rire sa petite sœur qui ne manqua pas de la titiller un petit peu.

— T'as fait quoi pour qu'il accepte ? Tu l'as menacé ?

— Non, il a juste compris que c'était important pour moi.

— Hum… Oui, tu as surtout de la chance qu'il t'aime… Il ne supporte pas Edna. Bref, il est déjà quatorze heures, j'y vais sinon je vais être en retard. Je pense rentrer vers dix-huit heures. À tout à l'heure !

Elle embrassa Soulia sur la joue et sortit en claquant la porte dans un courant d'air.

Une heure plus tard, Soulia et Liam sortirent à leur tour pour se rendre chez Edna. En chemin, ils passèrent devant le vieux temple circulaire qu'ils visitaient de temps en temps. Cet énorme édifice de pierres grises et jaunâtres semblait ne pas avoir vieilli au fil du temps.

À l'intérieur, les hauts piliers sculptés étaient toujours aussi impressionnants et les cinq statues de granit représentant Gaïa, étaient toutes quasiment intactes. Le couple aimait beaucoup parcourir les allées de bancs en bois et observer les différentes sculptures et représentations de la « Mère des Hommes ». Ils ne s'y arrêtèrent pas en allant chez la vieille dame, mais ils purent voir que des bougies avaient été disposées sur les marches devant une pancarte où ils pouvaient lire « Mère, pardonne-nous nos actes ». Ils passèrent ensuite dans une petite ruelle sombre et étroite au bout de laquelle il y avait un chien immobile, ses yeux brillant dans la pénombre.

— Chéri regarde, on dirait Gold ! s'exclama Soulia.

Ils s'avancèrent en direction du vieux chien jusque dans l'ombre, mais arrivés au bout de la ruelle, il n'était plus là. Il avait disparu. Pourtant, ce passage étroit donnait sur une autre rue, vide et sans issue, au bout de laquelle se trouvait la demeure d'Edna. Soulia n'en revenait pas et tentait de comprendre comment ce chien avait-il pu décamper sans qu'ils s'en aperçoivent. Liam se moquait gentiment d'elle lui disant qu'elle avait certainement halluciné.

La maison d'Edna était tout en hauteur comme un donjon rectangulaire, à la façade bien curieuse, avec des fenêtres tordues et des volets en bois complètement détériorés et branlants. Au dernier étage, il y avait une fenêtre composée de plusieurs carreaux dont certains étaient cassés, et Soulia n'y avait pas prêté attention la fois précédente.

— On ne peut pas dire que ce soit rassurant ici, frémit-elle. Je ne me rappelais pas que c'était aussi lugubre.

Liam la rassura, s'avança et toqua à la porte qui s'entrouvrit lentement... toute seule. Ils échangèrent un regard dubitatif et se permirent d'entrer.

Dans le sombre couloir, la curiosité de Soulia fut frappée par un tableau qu'elle n'avait pas remarqué la première fois. C'était une étrange peinture qui représentait une femme assise en haut d'une colline, au pied d'un arbre dont les feuilles étaient des flammes attisées par le vent. Au pied de cette colline, il y avait des gens qui l'imploraient. La femme quant à elle, semblait blessée, elle pleurait des larmes rouges et était attachée à l'arbre par une chaîne. Le haut du tableau était déchiré par les éclairs fissurant le ciel bleu foncé, tandis qu'en bas, les flots semblaient s'emparer de cette représentation.

— Eh bien, vous deux ! Que me vaut l'honneur de votre visite ? interrogea la vieille dame qui fit enfin son apparition.

— Oh Edna ! dit Soulia gênée. La porte s'est ouverte toute seule, alors on est entrés.

— Je sais, répondit-elle sèchement. Je vous attendais... Enfin vous jeune fille, pas lui... mais on fera avec.

— Comment ça *on fera avec* ? râla ce dernier.

— Qui a peint cette toile ? demanda Soulia en pointant le tableau du doigt et pour éviter que Liam ne s'emballe face aux propos d'Edna.

— C'est le Crépuscule des Puissances, informa cette dernière sans répondre à la question.

— Edna, nous avons des questions à vous poser, lança Soulia.

— *Tu* as des questions à me poser... corrigea la vieille dame. Je sais très bien que lui n'en a pas ! Je t'écoute jeune enfant.

Liam sentait son sang bouillonner. Cela faisait à peine cinq minutes qu'ils étaient arrivés et déjà il n'en pouvait plus.

Il prit sur lui pour se contenir et ne rien répondre, mais combien de temps allait-il tenir ainsi ?

Bien qu'elle se sentait observée et mal à l'aise dû au comportement d'Edna vis-à-vis de Liam, Soulia répondit hésitante :

— Je voulais savoir ce qu'il en est de la fin du monde et ce qu'on peut faire pour éviter cela.

Edna scruta Soulia un court moment en haussant les sourcils, ses yeux malicieux ronds comme des billes, puis elle se mit à rire bruyamment tout en se dirigeant vers son salon.

— Éviter cela ! Ah ! Ah ! Ah ! Éviter cela !

Soulia et Liam se regardèrent perplexes et la suivirent en silence. Ils s'assirent autour de la table, en face d'elle et la regardèrent. Le chat noir aux yeux vairons vint se frotter aux jambes de Soulia comme il l'avait fait la première fois, puis il alla s'installer sur un canapé non loin de Liam qui l'observa, troublé par ses yeux perçants. Le chat sortit les griffes et cracha.

Edna prit une feuille de papier d'Arménie, qu'elle brûla, en faisant de grands gestes pour que la fumée s'évapore tout autour d'elle. Elle marmonnait dans une langue inconnue et incompréhensible.

Oti i dynami ton theon apokalyptei gia mena to mellon.

Une fois le papier brûlé, elle alluma une bougie, dévisagea ses deux hôtes et ferma les yeux.

— Vous êtes venus ici dans un but bien précis.

— Ce n'était pas difficile à deviner, rétorqua Liam blasé. Soulia vous l'a dit il y a à peine cinq minutes.

— Liam, laisse-la finir s'il te plaît, chuchota Soulia.

— Dites-moi Liam, pourquoi êtes-vous venu, alors que vous n'êtes pas du tout réceptif à ce que je peux vous dire ?

— Disons que je n'ai pas vraiment eu le choix, mais j'aurais préféré rester chez moi.

— Vous êtes venus ici dans un but bien précis, répéta-t-elle.

— Bon ça suffit, elle débloque complètement ! s'énerva-t-il. Elle nous fait perdre notre temps ! On s'en va !

Soulia ne bougea pas, elle ne voulait pas partir avant d'avoir eu ses réponses. Elle essaya de le raisonner et de le retenir.

Edna, qui avait toujours les yeux fermés, reprit :

— Vous n'écoutez pas Liam et cela vous perdra. Lorsque j'ai dit *vous êtes venus dans un but bien précis*, je ne parlais pas de maintenant ni du fait que vous soyez venus chez moi dans un but bien précis. Je parlais de Magara Kisi. Vous êtes venus à Magara Kisi dans un but bien précis. Partez si cela vous chante, mais la fin du monde aura bien lieu et vous ne pourrez rien faire pour changer ça. L'anéantissement de notre planète ne relève pas du mythe !

— Ne l'écoute pas Soulia, elle dit n'importe quoi.

— Vous avez peur n'est-ce pas ? demanda Edna. Vous avez peur de tout perdre et vous essayer de vous convaincre que ce que je dis est faux... mais au fond de vous, Liam... au fond de vous, vous y croyez. Vous savez que ce jour va arriver, mais vous avez trop peur pour l'affronter.

— C'est faux ! cria-t-il. Vous ne savez rien de moi, Edna.

— Si vous le dites, sourit-elle. Partez et nous verrons bien qui de nous deux avait raison.

Liam prit Soulia par la main et sortit en trombe de la maison. Il était furieux à cause d'Edna et Soulia le ressentait, si bien qu'elle resta silencieuse jusqu'à leur retour chez eux.

Une fois arrivés, elle s'assit dans le canapé et alluma la télévision sur ZTV. Carry Snow et son équipe enchaînaient les flash infos. La Russie, la Finlande, la Suède et la Norvège étaient en ruines.

Selon ZTV, les blocs de glaces tombaient toujours et la force du vent amplifiait. À l'est, la mer se déchaînait sur les côtes Japonaises. De gigantesques vagues s'abattaient sur le pays et dévastaient tout sur leur passage, les tsunamis s'enchaînaient et faisaient rage. Pour Soulia, il n'y avait plus de doute, Gaïa entrait dans une colère sans fin.

Chapitre 7

Les semaines s'écoulaient et la vie à Magara Kisi était bien calme, contrairement aux autres pays ravagés. Des pluies torrentielles tombaient depuis plusieurs jours au Royaume-Uni. Les inondations avaient été filmées par ZTV, qui se concentrait maintenant sur les catastrophes naturelles et non plus sur des reportages concernant les animaux marins échoués en Californie. On déplorait de nombreux dégâts et quelques victimes. Rien de comparable à ce que vivait le Japon. Les pays épargnés essayaient de venir en aide aux autres. La guerre n'était plus une priorité, car beaucoup d'hommes étaient mobilisés pour sauver les miraculés.

Pour certains la fin du monde arrivait, mais d'autres, beaucoup plus optimistes, voyaient ces événements comme la seule façon qu'aurait trouvée Gaïa pour faire en sorte que l'être humain devienne solidaire et arrête de se déchirer.

La petite ville industrielle quant à elle, s'éveillait en ce quatorze août ensoleillé. Comme chaque année, à cette date, une kermesse était organisée en vue de récolter des dons pour rénover les vieux temples de la cité. Au programme de cette petite fête, il y avait de la musique, des jeux et de quoi manger et se désaltérer par cette chaude journée qui s'annonçait.

Le maire, déjà sur place, vérifiait que tout allait bon train. Il avait fait venir ZTV, afin d'immortaliser ce moment et d'égayer un peu leurs reportages. Dana et ses amis étaient là aussi, curieux de voir ce qui se préparait. Ils espéraient de nouvelles activités pour pouvoir se divertir et passer un bon moment. Ils prêtèrent mains fortes pour monter les stands et discutaient entre eux de ce que le monde avait subi. D'autres habitants se mêlèrent à leur conversation, mais le maire annonça officiellement l'ouverture de la kermesse pour éviter de parler de choses qui fâchent.

Soulia et Liam se rendirent également à la fête et y retrouvèrent Derek. Peu après leur arrivée, le maire monta sur la scène aménagée pour l'occasion, prit le micro et commença son discours :

— Mes chers Magars ! Nous sommes réunis aujourd'hui pour la cinquième kermesse de Magara Kisi ! Habituellement, les dons sont reversés pour la rénovation de nos cinq magnifiques temples. Cependant, je pense que vous serez tous d'accord, si cette année, nous utilisions la totalité de ces dons pour aider les pays endommagés.

La foule acquiesça avec des cris de joie. Les Magars étaient particulièrement satisfaits de l'idée du maire et le firent savoir par la suite aux journalistes de ZTV.

— Amusez-vous en cette magnifique journée. Profitez de ce que nous avons mis à votre disposition et que Gaïa vous protège.

Des feux d'artifices explosèrent de part et d'autre de la scène et la fanfare de l'école joua la première chanson de leur répertoire.

— Que Gaïa vous protège, répéta Liam en regardant Soulia et Derek. C'est vraiment n'importe quoi !

— Ne fais pas attention, reprit son ami. Le maire est un fervent protecteur de la terre et il descend d'anciens chamanes Magars qui vénéraient Gaïa plus que tout.

— Oui, allons plutôt nous distraire au chamboule-tout.

La journée s'annonçait mémorable en effet. Les Magars étaient tous là. Ils rigolaient, discutaient, jouaient, et beaucoup se pressaient pour faire des dons. Même Soulia, qui était de plus en plus perturbée par les événements récents, arrivait à s'amuser et à oublier ce qui la tourmentait.

Tout se passait à merveille jusqu'à ce que la plus ancienne des habitantes de cette ville, arrive, monte sur scène et prenne le micro à son tour :

De la haine d'une mère
Qui ne freine sa colère.
Seulement un instant.

Découlera de la peine,
Des prières qui s'enchaînent,
Et coulera le sang.

Quand la Terre se lèvera,
Bien plus de misère il y aura.

Quand la Terre tremblera
Seuls les Enfers feront foi.

La pseudo-voyante avait prononcé ces mots de la même manière qu'elle l'avait fait les fois précédentes : en état de transe. Un froid parcourut la foule. La bonne humeur s'évapora en un clin d'œil. Le maire monta sur la scène et arracha le micro des mains la vieille dame.

— Ne l'écoutez pas très chers amis... Elle veut simplement se faire remarquer. Continuez donc de vous amuser !

Les habitants ne bougèrent pas.

Soudain, un vent de panique souffla sur la foule. Tout le monde se mit à courir dans tous les sens pour déserter les lieux. Tous les stands furent abandonnés. Seuls l'équipe de ZTV, Edna et le maire restèrent sur place. Celui-ci observa l'endroit vide d'un air triste, lança un regard noir à Edna, puis s'éloigna sans dire un mot.

— Ah ! C'est pas trop tôt ! lança Carry Snow. Cette petite fête commençait vraiment à me plomber. Merci beaucoup Edna, je vous dois combien ?

Edna s'exclama :

— Vous croyez quoi ? Que je fais des prédictions sur commande ?

— Oui, car cette prédiction, vous l'avez faite parce que je vous ai demandée de la faire en échange d'un petit quelque chose.

— Je ne veux pas de votre *petit quelque chose*, cette prédiction je l'ai faite, parce que je devais la faire, et non pas parce que vous me l'avez demandée, Madame Snow. Vous croyez peut-être qu'à mon âge j'allais m'écerveler à inventer une prédiction pour votre bon plaisir ? Sornettes !

Carry Snow était tellement estomaquée qu'elle n'eut même pas le temps de répondre à Edna, qui s'en alla en marmonnant des termes indistincts.

L'équipe de ZTV retourna dans ses studios pour reprendre le cours de son programme habituel qui ravissait l'ambitieuse journaliste. Depuis que les cataclysmes avaient commencé, ZTV avait atteint un record d'audience. À croire que les gens passaient leur journée devant leur écran.

D'un autre côté, Carry Snow était bien tombée. Magara Kisi était certainement l'une des seules villes au monde où les habitants vénéraient encore la terre comme on vénère un dieu. Certains d'entre eux, laissaient même des offrandes pour Gaïa dans les temples. De ce fait, les habitants de la Zone 1 se sentaient d'autant plus concernés par les incidents récents, que des personnes qui considéraient la terre comme une simple planète. Cependant, Carry en avait marre de parler des mêmes choses depuis un mois. Elle attendait un nouveau scoop avec impatience. Un scoop qui ferait encore exploser son taux d'audience.

— Carry, j'ai un appel pour toi sur la 4 ! Apparemment c'est urgent ! la prévint Jordan, l'un des reporters.

Carry décrocha et toute son équipe vit un sourire malicieux se dessiner sur son visage.

— Les gars, on reprend du service ! s'écria-t-elle. Elliot, je veux que tu appelles un contact en Amérique du Sud et plus précisément à Lima. Gontran, je veux que tu me trouves un contact n'importe où en Afrique, et Jordan, je veux que tu fasses ce que tu sais faire de mieux.

— À vos ordres Mam'selle, s'enquit Jordan. C'est parti !

Il descendit au sous-sol, prit une chaise et s'assit en face de sept écrans d'ordinateur.

Jordan était un Américain qui avait déserté son pays et s'était réfugié à Magara Kisi, là où personne n'irait le chercher. Carry Snow l'avait pris sous son aile lorsqu'elle comprit qu'elle pouvait tirer profit de ses compétences en piratage informatique. Grâce à Jordan, elle piratait les grandes chaînes de télévision pour être la première à donner les informations, et ça marchait.

— Ouah Carry ! Viens voir ça ! l'appela Jordan.

— C'est énorme ! Jordan, t'es un vrai génie ! Alex, j'espère que la caméra est prête, car on envoie le flash-info dans moins de cinq minutes.

— C'est prêt !

Chapitre 8

Dans un léger grésillement, le visage lumineux de l'ambitieuse Carry Snow s'afficha sur tous les écrans qui réceptionnaient la chaîne locale.

— Bonjour, nous interrompons votre programme, car une nouvelle très inquiétante vient de nous être divulguée, annonça la journaliste. Plusieurs séismes se sont manifestés dans différents endroits du monde. Nous faisons notre possible pour vous diffuser les images au plus vite. En attendant, revenons sur les catastrophes survenues dans les autres pays. Le Japon est submergé par les eaux, la Russie est toujours aussi détruite et... Ah, enfin ! Voilà les images que nous attendions.

Jordan était plus rapide que l'éclair et surtout très doué. Parfois, Carry se demandait même quel ordinateur il allait pirater pour obtenir certaines images, comme des images satellite par exemple. Elle lui faisait confiance, mais avait tout de même peur qu'il aille trop loin et qu'ils finissent par se faire coincer tous les deux.

Cette fois-ci, il avait piraté des caméras de surveillance qui donnait sur un parking à Lima où avait eu lieu l'un des séismes de magnitude 5. Un autre séisme de magnitude 7 s'était déclenché en Afrique, à Nairobi. Le nombre de morts dans ces deux pays était considérable, sans compter les pertes en Australie, Russie, Japon, Finlande, Norvège, Suède et au Royaume-Uni.

Tous ces pays étaient maintenant sous l'emprise des forces de Gaïa et restaient impuissants. Les flash infos persistaient sur ZTV, tout comme les séismes persistaient dans le monde. Ils se déclenchaient de part et d'autre dans le monde, à des endroits complètement opposés et sans lien apparent selon les scientifiques, qui essayaient de se faire les plus discrets possible.

Ils étaient parfaitement incapables de donner une explication claire concernant les incidents.

Même l'Europe avait été touchée par les séismes. L'Allemagne, la République Tchèque, la Slovaquie et l'Autriche allaient certainement s'effondrer si les tremblements de terre ne cessaient pas. Les résidents des pays voisins étaient pris de terreur, voyant les cataclysmes se rapprocher. La Zone 1 en faisait partie. Certains décidèrent de quitter la petite ville paisible par peur de devoir affronter la colère de leur Mère.

Le maire de la Zone 1 était désemparé. Il essayait de rassurer ses habitants comme il le pouvait, mais Carry Snow ne l'aidait pas. Elle amplifiait et exagérait toutes les informations qu'elle obtenait, de façon à garder la Zone 1 en alerte et à augmenter l'audience encore et toujours. Elle finissait chaque fin de flash info par la même phrase « Et maintenant à qui le tour ? » et elle s'en réjouissait.

Pendant deux mois, les tremblements de terre influèrent sur la mer qui déferla sur les côtes espagnoles et portugaises. Les côtes africaines et américaines ne furent pas ménagées. Plus personne n'était à l'abri. Une série de pillages se déclara dans les villes et villages touchés. Les habitants n'hésitaient pas à prendre tout ce qu'ils pouvaient et parfois avec une grande violence, résultant sur des émeutes. Les scientifiques déchantaient, les religieux imploraient leur Dieu et les chefs d'état étaient désarmés. Que faire face à la puissance de la nature ? Les outils créés par l'homme n'étaient d'aucune utilité. C'était comme si la terre allait exploser. Elle grondait.

Des camps de réfugiés furent mis en place dans certaines villes qui n'avaient pas été impactées : Nakina au Canada, Nyala en Afrique, Clermont-Ferrand en France, Golmud en Chine et Ontario aux États-Unis. De ce fait, la majorité des routes encore praticables étaient bouchées.

Les plus démunis avaient entrepris de faire le trajet à pied. Des familles entières étaient à la recherche d'un endroit sûr. C'était la cohue à l'entrée des camps envahis par de nombreuses personnes paniquées. Cependant, les rescapés étaient prioritaires, et ça, personne ne semblait le comprendre. Les gens ne voyaient que leur intérêt et leur survie personnelle. Le sort des autres ne leur importait peu. Les forces de l'ordre devaient souvent agir pour calmer les masses, mais il en affluait de plus en plus, si bien que les camps manquèrent rapidement de place.

De leur côté, Carry Snow et son équipe célébraient leur avènement. ZTV, leur petite chaîne locale, était devenue la chaîne la plus regardée dans le monde entier. Et tant que les catastrophes naturelles continueraient, ZTV resterait en première position.

— Carry, on reprend l'antenne dans 5, 4, 3, 2, 1.

— Ici Carry Snow sur ZTV, première chaîne mondiale. Nous allons à présent faire un récapitulatif de ce qui se passe dans le monde depuis le mois de juillet. Attention, les images diffusées peuvent être choquantes. Âmes sensibles s'abstenir...

Chapitre 9

En ce début de mois d'octobre, le brouillard gagnait les rues désertes de Magara Kisi qui avait perdu son charme estival et revêtu son manteau aux couleurs de l'automne.

Les résidents ne sortaient plus que pour aller prier dans les temples. Ils appréhendaient tellement que la terre se fendent sous leurs pieds qu'ils minimisaient leurs sorties. Beaucoup d'entre eux avaient fait de grandes réserves depuis le début des cataclysmes, et pouvaient donc se permettre de rester enfermés. Certains parents ne voulaient plus que leurs enfants aillent à l'école, de peur de ne pas les voir rentrer. ZTV, quant à elle, était toujours en tête de liste.

— Bonjour. Nous sommes le douze octobre deux-mille-dix, il est huit heures. Bienvenue sur ZTV, première chaîne mondiale.

À l'écran, Carry Snow semblait démotivée malgré les performances réalisées par la petite chaîne. Le monde semblait paisible, après tous les déboires qu'il avait subis.

Les cataclysmes s'étaient stoppés et les gens se demandaient s'ils étaient enfin en sécurité ou s'ils devaient encore rester à l'abri. Certains étaient convaincus que le pire restait à venir.

Beaucoup de questions subsistaient dans les têtes des populations du monde : Gaïa avait-elle apaisé sa colère ? Ou reprenait-elle son souffle quelques instants avant d'exploser de nouveau ? Toutes les villes étaient désertes. Le monde entier s'était réfugié, ou du moins ce qu'il en restait.

Dans la Zone 1, si les résidents ne sortaient pas prier, ils se ruaient devant la porte d'Edna pour la supplier de leur prédire la suite des événements. Mais la vieille dame ne donnait plus aucun signe de vie depuis sa dernière prédiction.

Dans les studios de ZTV, Carry Snow et son équipe s'ennuyaient. Il n'y avait plus grand-chose à diffuser sur la chaîne. À part les images des dernières catastrophes, qui tournaient déjà en boucle sur les écrans, la journaliste ne trouvait rien de neuf, mais restait confiante. Après avoir fait trois flash infos récapitulatifs des cataclysmes, les téléspectateurs ont pu voir le visage de la jeune femme s'illuminer une nouvelle fois et purent ressentir leur peur grandir au fond de leurs entrailles. Mais qu'allait-elle encore leur annoncer ?

— Selon nos sources, il semblerait qu'un volcan situé dans l'Est de la Sicile soit entré en éruption. Le gouvernement italien est en train d'évacuer les villes avoisinant le volcan Etna, c'est-à-dire environ cinq mille personnes, sans compter les touristes. Nous allons essayer d'obtenir des images sur place.

Au sous-sol, Jordan s'affairait à trouver des vidéos du volcan en activité, mais ça prenait du temps... plus de temps que d'habitude. Avec les désastres mondiaux, certains endroits étaient privés de courant. Jordan avait donc plus de mal à trouver une source stable à pirater. Il était borné et savait que Carry ne lui pardonnerait pas si ZTV perdait sa première place à cause de lui. Il s'acharnait donc à trouver des images à diffuser.

— Jordan ! Tu me les trouves ces images ? Les spectateurs attendent et ils vont finir par changer de chaîne, alors dépêche-toi !

— Ça vient, ça vient... Y'a des réseaux qui ont grillé... Du coup, c'est plus long, mais je vais te trouver ça.

Carry s'impatientait, elle avait lancé une page de pub, le temps que Jordan pirate les systèmes. À présent, des publicités sur « comment survivre en cas de cataclysme » débobinaient et étaient obligatoires pour chaque chaîne qui se devait de les diffuser le plus souvent possible.

De plus, tous les commerçants étaient obligés de vendre des kits de survie.

— C'est bon j'ai ! lança Jordan.

— Alex, on tourne ! l'interpella Carry.

— En direct dans 5, 4, 3, 2, 1...

— De retour sur ZTV, première chaîne mondiale. Nous avons trouvé des images de l'Etna, le volcan situé dans l'Est de la Sicile, qui est entré en éruption tout à l'heure. De ce qu'on peut voir sur ces images, le volcan provoque également des secousses sismiques très violentes. L'évacuation des habitants et touristes semble difficile car, avec les tremblements, la mer déferle sur les côtes... Ah, mince ! Nous avons perdu le contact avec la Sicile... Nous allons essayer de rétablir la connexion très rapidement...

Les images s'étaient brouillées et il était impossible pour Jordan de réussir à pirater cette connexion de nouveau. Il essayait d'en trouver une autre et tomba sur de nouvelles images qui le mirent en alerte.

— Carry, je t'envoie de nouvelles images, c'est à Naples ! lui transmit-il dans l'oreillette.

Naples, ville italienne d'environ un million d'habitant, et située entre la zone volcanique des Champs Phlégréens et le Vésuve. Aucune chaîne télévisée n'en parlait et pourtant les images le montraient. Le Vésuve était lui aussi entré en éruption, faisant trembler Naples de tous ses édifices. Il suffisait de voir les dégâts causés par ce monstre de pierre sur les cités antiques de Pompéi et Herculanum pour comprendre que rien ne serait épargné.

— C'est incroyable ! Il semblerait que le Vésuve soit également entré en éruption. Ce n'était pas arrivé depuis 1944 selon nos sources. Combien y a-t-il de chances pour que deux volcans entrent en éruption au même moment ? C'est sans aucun doute du jamais vu !

En effet, l'Etna et le Vésuve n'étaient pourtant pas les seuls volcans à entrer en éruption. Il y avait également le Mont Cameroun en Afrique, le volcan El Hierro en Espagne, le Roc de Peyre en France et le Mont Warning qui était prêt à anéantir le reste de l'Australie. Il semblait que Gaïa avait décidé d'utiliser sa force la plus destructrice pour anéantir le reste de l'humanité : le feu.

Assise dans le canapé et blottie dans les bras de Liam, Soulia regardait les images défiler et s'inquiétait en repensant à ce qu'il lui avait dit quelques mois plus tôt *« si Gaïa est vraiment l'une de nos semblables et notre mère, alors elle n'aurait pas la force de détruire ce qu'elle a créé »*. Pourtant, le monde touchait à sa fin. Les endroits sûrs étaient peu nombreux. Y avait-il au moins un endroit qui ne serait pas frappé par cette malédiction ? Soulia cherchait, elle se tourmentait et s'obstinait à essayer de comprendre ce qui se passait. Elle retournait les paroles d'Edna dans sa tête en cherchant un indice ou quelque chose qui pourrait l'aider. Mais rien à faire.

Contre toute attente, le maire avait quand même décidé d'organiser la brocante annuelle du quatorze octobre. Il était déterminé et convaincu que la Zone 1 serait la seule ville à ne pas être touchée par les catastrophes, car ils vénéraient Gaïa et qu'en tant que mère, elle les protégerait.

Il appela Carry Snow pour qu'il puisse faire une annonce à l'antenne à l'attention des Magars. Il voulait leur dire que Gaïa ne punissait que ceux qui ne la considérait pas comme ce qu'elle était réellement : un être vivant doté d'émotions, et non pas un vulgaire sol où crécher. Il incita les résidents à se préparer pour la brocante qui avait lieu le lendemain. Il les rassura au point que beaucoup d'entre eux acceptèrent.

Chapitre 10

En ce quatorze octobre, le monde s'avérait calme, les éruptions volcaniques n'avaient pas fait trop de dégâts et les pays commençaient lentement leur reconstruction, à commencer par le regroupement des cadavres. Les images de ZTV étaient lugubres et choquantes mais bien réelles. De son côté, la Zone 1 se préparait pour la brocante annuelle.

Les stands se dressaient les uns après les autres. Même Soulia et Liam décidèrent d'y participer, malgré quelques appréhensions. Ce dernier avait changé d'opinion depuis le dernier présage d'Edna. Il redoutait maintenant un autre cataclysme qui cette fois-ci serait le dernier.

— Soulia, il faut que je retourne chez moi chercher le reste des meubles, je n'en n'aurai pas pour longtemps.

— Tu es sûr de vouloir y aller ? Au pire, nous les vendrons à la prochaine brocante ou nous les mettrons dans un garde meuble en attendant...

— Soulia... Ça va aller, répondit-il doucement. Je n'en n'ai pas pour longtemps, c'est à quelques kilomètres seulement. Je me dépêcherai, c'est promis. Occupe-toi du stand en attendant mon retour.

— D'accord, mais fais attention à toi.

Elle se jeta à son cou et le serra dans ses bras, puis l'embrassa tendrement, comme si elle le voyait pour la dernière fois. C'était ce dont elle avait peur et ce qu'elle pressentait. Elle le regarda partir, le cœur gros.

La brocante se déroulait parfaitement bien. Le soleil était au rendez-vous et avait convié quelques nuages, ce qui n'était pas désagréable.

— Soulia, j'en ai assez d'attendre, se plaignit Dana. Je vais faire un tour avec mes amis.

— Tu ne t'éloignes pas trop s'il te plaît...

Dana partit rejoindre ses amis et Soulia la suivit du regard jusqu'à ce que Derek vienne lui parler.

Dans le centre de la petite ville, les Magars s'ameutaient de plus en plus autour des stands et le maire s'en réjouissait. Il avait réussi à redonner confiance à sa population. ZTV arriva sur place et Alex filmait tout ce qu'il voyait. Des visages souriants, des enfants qui riaient, courraient, savouraient de délicieuses barbes-à-papa, et des gens qui trinquaient en l'honneur de Gaïa.

— Je sens que cette brocante va vite me gonfler, dit discrètement Carry à Jordan.

— Vois le bon côté des choses, enchérit-il. On respire un peu mieux hors des studios.

— Oui, mais je ne compte pas m'éterniser ici, soupira-t-elle.

— Eh, Carry ! Vise un peu ça !

Jordan pointait Gold de son doigt. Le vieux chien aboyait en regardant le ciel, où une multitude d'oiseaux volait dans la même direction en jasant bruyamment.

— On dirait qu'ils fuient, constata-t-il.

— Alex ! Filme ça ! demanda Carry.

— Que je filme quoi ? répondit-il.

— Tes pieds ! ironisa-t-elle.

— T'es sûre ?

— Bien sûr que non, abruti ! Filme les oiseaux !

Les habitants se tournèrent tous pour regarder le ciel avec ces volatiles au comportement étrange.

Soudain, toutes les cloches des temples de Magara Kisi retentirent à l'unisson sans aucune raison, provoquant le désarroi des habitants. Ils mirent tous leurs mains sur les oreilles tellement c'était assourdissant. Puis le calme plat. Plus un bruit… Plus un murmure… Même le léger vent s'était assoupi.

Tout à coup, un lourd grondement se fit entendre au loin. Des regards inquiets s'échangèrent dans la foule. Le sol se mit à trembler si fort que tout le monde se retrouva face contre terre, puis ça s'arrêta. Mais ils n'eurent à peine le temps de se relever, qu'une énorme faille fendit le sol sur plusieurs mètres de long dans un fracas rugissant, engloutissant ceux qui étaient à cet endroit, y compris le pauvre chien qui leur avait donné l'alerte.

La panique gagna le reste de la foule. Ils se mirent à courir dans tous les sens. Le sol tremblait et, au-dessus de leurs têtes, le ciel s'obscurcit comme de l'encre. Jordan attrapa Carry par la main et l'aida à se relever.

— Aux studios ! cria-t-elle.

Ils prirent leurs jambes à leur cou, suivis de Gontran, Elliot et Alex. La caméra tournait toujours. Les grands immeubles se fissuraient, les fenêtres explosaient et offraient une pluie de lames à ceux qui se trouvaient en dessous. Des blocs de bétons se détachaient des murs et s'effondraient sur le sol, écrasant des gens.

La foudre brisa le ciel, puis à frappa la terre, foudroyant tout ce qui se trouvait sur son chemin. C'était la pagaille ! Certains se dépêchaient de monter dans leur voiture et démarraient en trombe, peu importe ce qu'il y avait devant eux. Peu importe qui se trouvait devant eux.

Ils voulaient fuir et surtout survivre. D'autres, paralysés, se cachaient, espérant que la nature les épargnerait.

Nombreux sont ceux qui se sont rendus dans les vieux temples pour y prier Gaïa, croyant que tout s'arrêterait s'ils imploraient miséricorde. Ils s'agenouillaient devant la plus grande des cinq statues, haute de plusieurs mètres, représentant une femme aux cheveux relevés en chignon au-dessus de sa tête, vêtue d'une toge, les bras tendus vers l'avant tenant un globe terrestre. Peut-être changerait-elle d'avis ?

Dehors, la route principale était embouteillée. Les gens klaxonnaient et s'énervaient. Le temps pressait et leur manquait. Le vent se leva et les nuages entamèrent une ronde dans le ciel. Ils formèrent de gigantesques spirales qui descendirent vers le sol, se divisèrent et balayèrent le terrain sous les yeux horrifiés des Magars qui ne savaient même plus vers où s'orienter.

L'équipe de ZTV s'arrêta de courir en voyant ce spectacle effarant. Alex filma toutes les images qu'il pouvait saisir, aussi horrifiantes puissent-elles être. Alors que l'une des tornades se dirigeait dangereusement vers eux, Carry, Jordan, Alex et Gontran reprirent leur course vers leur refuge, tandis que le pauvre Elliott était bien trop pétrifié par la peur pour faire le moindre mouvement. Gontran eut un temps d'hésitation en voyant le monstrueux trou d'air s'avancer vers son ami, mais il courut aussi vite qu'il le put, évitant les débris qui parsemaient la route. Il trébucha, se retrouva à terre et un gros bloc de béton vint s'effondrer sur ses jambes, le clouant au sol. Les trois autres arrivèrent finalement à leur refuge.

— Il faut descendre au sous-sol ! hurla Jordan.

Enfermés sous les studios, les trois rescapés reprenaient difficilement leur souffle. Ils avaient quelques blessures superficielles, mais rien de grave sauf pour Alex, blessé au tibia droit. La plaie était tellement profonde qu'on en voyait l'os. Jordan l'avait aidé à faire les derniers pas. Alex se fit un garrot avec son t-shirt gris qui ne mit pas longtemps à se teinter de rouge.

Jordan s'assura que Carry allait bien, puis se rua sur sa chaise et alluma les écrans. Il examina toutes les images qu'il pouvait obtenir du monde entier. Le sol tremblait toujours, secouant les moniteurs. Jordan affichait les vidéos de la planète les unes après les autres. Sous le choc, Carry était complètement abasourdie à la vue des images qui filaient devant ses yeux écarquillés.

— C'est complètement dingue !

Chapitre 11

Journal de bord de Carry Snow.

Date inconnue.

Le monde au-dessus de nous s'est effondré le 14 octobre 2010. Cela fait maintenant un bon moment que je suis enfermée dans les sous-sols de ZTV en compagnie de Jordan. Le plafond s'est un peu affaissé, mais nous avons encore un peu d'espace. Comme je l'ai dit, cela fait un long moment que nous sommes enfermés, et je pense même que ce long moment peut se calculer en semaines, mais je ne saurais le dire. Les secondes paraissent des minutes, les minutes des heures et les heures des jours.

Nous nous étions préparés, nous avions de quoi manger et boire mais nous arrivons petit à petit à épuisement. Nous avons également des bouteilles d'oxygène, mais seulement pour une courte durée. Notre seule source de lumière vient des lampes torches dont les piles vont finir par s'user d'ici peu.

La blessure d'Alex était vraiment trop profonde, elle s'est infectée et on ne pouvait rien y faire. Il agonisait à côté de nous. Jordan et moi avons pris la décision de faire ce qui était le mieux pour lui. Il nous aura quand même bien aidés, le pauvre. Si nous avons encore des forces et sommes encore en vie aujourd'hui c'est grâce à lui... Comme le dirait Jordan, l'homme est avant tout un prédateur redoutable, pas étonnant que nous soyons situés au sommet de la chaîne alimentaire. L'instinct de survie et l'instinct de prédation qui est ancré dans nos gènes sont bien plus forts que n'importe quel autre instinct. Paix à son âme. C'est la loi de la nature.

Il ne doit plus rester grand-chose là-haut. Nous avons réussi à nous réfugier ici de justesse. Et grâce à Jordan, nous avons pu voir et savoir un peu ce qui se passait dans le monde jusqu'à ce qu'il n'y ait plus de courant. Il semblerait que la terre n'ait finalement pas explosé, comme l'avaient prédit certains écrits, et comme l'avaient déclaré certains prophètes.

Certaines contrées doivent encore difficilement tenir debout. Une chose est sûre, le visage du monde a littéralement changé. Au fil des derniers mois et jusqu'au dernier jour, nous avons vu des images terrifiantes venant de part et d'autre de la planète.

À commencer par l'Europe, où les tempêtes et les raz de marée ont fait rage, sans compter les séismes et les éruptions de différents volcans comme l'Etna et le Vésuve en Italie, le Puy de Peyre et le Puy de Dôme en France, ainsi que le Mont Santorin en Grèce. En Asie et en Afrique, les séismes et les vents ont démoli le territoire, accompagnés des raz-de-marée présents sur les côtes.

L'Amérique quant à elle a énormément souffert aussi. Les ouragans ont affligé le pays, avec des pluies torrentielles et des glissements de terrain.

Et pour finir, le super volcan du Yellowstone est entré en éruption. Selon les scientifiques, si ce volcan entrait en éruption, le plancher de la caldeira s'effondrerait sur plusieurs kilomètres, un nuage de 20 kilomètres envahirait le ciel et les cendres retomberaient sur environ 100 kilomètres aux alentours. Je ne sais pas si vous comprendrez ce que je veux dire mais, si les scientifiques ont vu juste, alors je pense que toutes les personnes regroupées dans le camp d'Ontario ont dû périr. Le nuage de cendres les aura certainement brûlés de l'intérieur, et si ce n'est pas le cas, ils ont du se retrouver ensevelis par les cendres et emprisonnés à tout jamais dans leur agonie. Paix à leurs âmes.

Juste avant la panne de courant, Jordan a établi un lien avec deux astronautes qui sont maintenant livrés à eux-mêmes et probablement perdus quelque part dans l'espace à l'heure qu'il est. Il ne sait même pas comment il a réussi à faire ça, le petit génie. L'échange fut très court, mais les informations requises sont primordiales.

Le monde n'est plus ce qu'il était. Selon eux, un violent tremblement de terre a ébranlé toute la planète en même temps, certainement dû aux lignes sismiques situées à San Francisco, Shanghai, Tokyo et Istanbul. Le monde a été soumis à une suite de vents dévastateurs, de monstrueuses vagues déferlantes, de séismes effroyables et de flammes destructrices. Des centaines de milliers de personnes ont souffert et péri.

Les deux astronautes quant à eux, ont pu rapidement nous décrire ce qu'ils ont observé de l'espace depuis les débuts des cataclysmes. J'ai essayé de reporter le tout sur une carte, en suivant leurs indications que voici :

L'Europe s'est fendue de l'Allemagne jusqu'en Autriche, elle est maintenant séparée en deux parties bien distinctes. Ce qui voudrait dire qu'au moment même où j'écris, la France, la Belgique, le Luxembourg, l'Italie et l'Espagne forment une seule et même...île. Les petites îles comme la Corse, la Sicile et toutes les autres ont enduré la montée du niveau de la mer et ont été submergées. L'Irlande en fait également partie, si je me souviens bien.

D'autres lieux comme la Finlande, la Norvège et la Suède ont connu la montée des eaux et ont perdu beaucoup de leurs terres.

De leur côté, la Nouvelle-Zélande, le Japon, l'Indonésie, une partie de l'Australie et tous les archipels aux alentours ont sombré dans la mer.

En Afrique, une faille large de plusieurs kilomètres a brisé le sol et a dissocié le continent en deux parties. Tous les territoires situés au sud du Cameroun, de la République Centrafricaine, du Soudan et de l'Éthiopie ont dérivé vers le pôle Sud.

La Floride et toute la côte Est des États-Unis ont disparu dans la mer. À l'Ouest, l'hiver volcanique ne fait que commencer. Les cendres ont recouvert une très grande partie de l'Amérique du Nord occultant tout rayon solaire, plongeant les éventuels survivants dans l'obscurité la plus totale et les privant de toute source de chaleur. Et si survivants il y a, alors je leur souhaite bon courage, car l'air doit être irrespirable.

Le reste du territoire américain, quant à lui, est en ruine, comme la Russie, la Chine et d'autres pays qui sont encore présents, mais très endommagés.

Le nombre de victimes est considérable, et comme je l'avais déjà dit lors d'un flash infos, les pays n'ont pas la capacité humaine ni technique pour pouvoir accueillir et soigner autant de personnes. D'ailleurs, le cas est encore pire aujourd'hui. Il faut avouer que ce désastre nous a directement plongés dans les feux de l'Enfer. C'est un peu comme une punition. Mais qu'avons-nous fait pour mériter ça ?

Je me demande aussi si nous sommes les seuls survivants. Nous sommes tellement vulnérables, tous autant que nous sommes, que la fin de notre existence ne saurait tarder. Allons-nous périr ici ? Dans ce sous-sol froid et obscur ? Et si nous remontons à la surface, qu'allons-nous trouver ? Des survivants ? Ou simplement un tas de cadavres qui joncheront les rues ? L'air est-il respirable là-haut ? Car ici, malgré la poussière et le confinement, nous respirons plutôt bien... Ça pourrait être pire.

Jordan a essayé de rebrancher les ordinateurs, mais rien ne fonctionne. Je pense que le monde entier doit être maintenant privé d'électricité. Toutes nos technologies ne nous auront servies à rien et ne nous serviront certainement pas à sauver ce qui reste du monde, alors à quoi bon ?

La lampe torche qui m'éclaire commence à fatiguer et moi aussi.

Carry Snow.

Anciennement journaliste pour Zone Télévision, ex-première chaîne mondiale.

Chapitre 12

Blessé à la tête et à la jambe droite, Liam souffrait. Il réussit tant bien que mal à se sortir des décombres de sa maison située en campagne, à quelques kilomètres de la Zone 1. L'air était presque irrespirable ici. Il se releva comme il le put et regarda autour de lui.

Des corps sans vie gisaient sur le sol maculé de poussière et de sang. Des survivants luttaient pour se déplacer, pour se défaire des décombres ou simplement pour rester en vie. Il en voyait qui pleuraient la perte d'un proche, d'autres qui agonisaient. C'était un spectacle macabre et invraisemblable.

— Qu'avons-nous fait ? se dit-il.

Puis il pensa à celle qu'il aimait et reprit espoir, car l'amour qu'il avait pour elle était fort et pouvait surpasser n'importe quelle situation, aussi critique puisse-t-elle être. Instinctivement, il se dirigea vers ce qui restait de la route qui mène à Magara Kisi, dans le but de retrouver Soulia et Dana.

Il marcha longtemps et croisa des habitants couverts de sang. Certains lui demandèrent de l'aide, mais il ne pouvait rien faire. Une femme lui attrapa le bras et lui demanda qu'il lui rende son enfant. Il était déboussolé et ne comprenait rien. Il ne lui avait pourtant pas pris son enfant. Il ne connaissait même pas cette femme, ou peut-être bien que si, mais elle avait le visage tellement ensanglanté qu'elle était sans doute méconnaissable.

Il continua en longeant la route saturée de voitures plus ou moins en bon état et vit un homme coincé sous une charrue dans le champ à côté. Il appelait au secours. Mais Liam, impuissant, passa son chemin, dans un état proche de l'inconscient.

Tous les gestes qu'il faisait étaient purement mécaniques. Il se demandait même comment ses jambes pouvaient encore le porter. Il les sentait faibles, prêtes à s'effondrer sous son poids, mais il avançait sans s'arrêter.

Lorsqu'il arriva devant l'entrée de la Zone 1, après de longues heures, il resta bouche bée devant la scène qui s'offrait à lui. Magara Kisi ne ressemblait plus qu'à un tas de béton encore fumant, teinté de rouge et de noir. La ville entière avait été dévastée par les forces de la nature.

Autour de lui, c'était la folie. Les survivants erraicnt dans tous les sens. Ils cherchaient leurs proches en criant. Ils agonisaient... Ils mouraient. Ne reconnaissant plus rien, Liam se sentit perdu, effrayé.

Il remarqua que certaines choses, comme une sculpture représentant Gaïa, anciennement placée au niveau du centre-ville, avaient été transportées par les vents, et avaient atterri à des endroits complètement opposés. Il se demanda alors si leur maison était restée au même endroit ou si elle avait été elle aussi emportée par l'ouragan. *Drôle de question !* Il s'arrêta un instant devant cette vision apocalyptique, puis commença à chercher.

Il partit en direction de ce qui lui semblait être le chemin habituel, mais il n'était même pas sûr d'être sur la bonne route. Une voiture explosa non loin de lui, faisant retomber quelques débris de plus sur le sol meurtri. Par chance, il ne fut pas touché. En se mettant à l'abri, il bouscula une dame.

— Liam, lui dit-elle. Il faut sauver Magara Kisi !

— Edna ! Est-ce que ça va ? As-tu vu Soulia ? Et Dana ?

— Il faut sauver Magara Kisi ! Liam, regarde autour de toi, il faut sauver Magara Kisi !

Liam fixa la vieille dame droit dans les yeux et comprit qu'elle ne pourrait rien faire pour lui. Il pensa que la pauvre femme n'avait malheureusement plus toute sa tête et s'éloigna en direction de ce qui restait de leur maison. Il entendait Edna crier :

— Il faut sauver Magara Kisi !

En chemin, il vit d'autres survivants, certains encore plus mal en point que lui. Il y avait des corps inertes coincés sous des parpaings. Là, il entendit un gémissement à côté de lui. Il pivota légèrement et vit le maire, étendu par terre, pris au piège sous un rocher. *Comment ce rocher a-t-il pu atterrir ici ?* se demanda-t-il avant de se baisser pour écouter les murmures de monsieur Hedman :

— Liam... Chaque lumière a sa part d'ombre... Ne l'oublie jamais...

— Je ne comprends pas... Monsieur Hedman... Monsieur Hedman...

Un dernier souffle émana de la bouche du maire, réchauffant l'oreille de Liam, qui se redressa et sentit la colère monter en lui. Il voulut crier, mais il serra les dents et les poings pour contenir sa rage. Il ne voulait pas se détourner de son objectif et reprit le chemin vers sa demeure démolie.

Une fois arrivé devant les ruines de pierre de leur maison, il se rua dessus et commença à appeler :

— Soulia ! Dana ! Vous êtes là ? Vous m'entendez ?

Il soulevait les blocs de pierre les uns après les autres. Le poids lui importait peu, c'était comme si ses forces s'étaient soudainement décuplées. Il ne sentait rien.

Après avoir retiré et jeté de nombreux morceaux de fer, de verre et de pierre, il s'arrêta et se rendit compte qu'il marchait sur quelque chose de mou. Il souleva son pied droit et s'aperçut qu'il était en train de piétiner Pauline, la poupée préférée de Soulia.

Il la prit dans ses mains et la regarda. Il lui manquait un bras et une jambe, et elle avait du sang sur le visage, comme si elle aussi était blessée. Liam se mit à soulever les morceaux de tuiles et les pierres, en espérant retrouver Soulia et Dana.

Il passa un long moment à s'acharner, puis il se rendit à l'évidence... *Elles ne sont pas là.*

— Elles sont mortes, dit-il à voix haute.

Mais c'était bien trop dur pour lui de se résoudre à cette idée. Il reprit le peu d'espoir qu'il lui restait. Il était épuisé d'avoir lutté, marché et cherché après celle qu'il aimait tant. Il s'assit un instant et contempla Pauline, repensant à ce temps, où il était bien... avec Soulia. Il revit les images du passé défiler, se rappela lorsqu'il la taquinait en lui prenant Pauline et qu'elle...

— Liam ! Tu es en vie !

Derek s'approcha et serra Liam dans ses bras.

— J'ai bien cru que c'était la fin pour nous tous, lui dit-il.

— Oui, j'y ai cru moi aussi. Soulia n'est pas avec toi ?

— Non, je l'ai aperçue juste avant la catastrophe, elle se dirigeait par ici. Il faut que tu saches que nous avons fait le tour de la Zone 1 pour aider les survivants, et il y en a peu. Pas mal d'entre eux sont très mal en point. Nous pensons qu'ils ne tiendront pas le coup sans soins. Ça fait six jours qu'on tourne en rond.

— Six jours ! J'ai l'impression que c'était hier ! Je suis donc resté inconscient pendant six jours...

— Vu l'entaille que tu as à la tête ça ne serait pas étonnant... Il faut soigner ça !

— Oh, ça ! s'étonna Liam en passant une main sur son front. Ça va aller...

— Des habitants sont partis pour récupérer les corps sans vie, tandis que ceux qui ont encore assez de force nous aident à déblayer le terrain pour essayer de sauver les survivants coincés dans les décombres.

— Et Soulia ? Et Dana ? Elles ont survécu, n'est-ce pas ?

— Je te l'ai dit, nous ne les avons pas encore trouvées. Nous sommes livrés à nous-même maintenant. Il n'y a aucun secours qui puisse nous venir en aide. Les réseaux ont grillé et pas moyen de trouver un véhicule en état de marche... Et même si on en trouvait un, on aurait du mal à se frayer un chemin dans toute cette pagaille.

— Il faut que tu m'aides à déblayer la maison. Elles sont peut-être en-dessous.

— La nuit commence à tomber et il faut tout enlever à la main, ça va prendre du temps et dans moins d'une demi-heure nous ne verrons plus rien. Les autres survivants sont en train de préparer un feu pour passer la nuit. Nous reprendrons les recherches demain dès l'aube.

Liam était abasourdi et la colère qui grondait en lui, s'accentua.

— Comment ça demain ? Si elles sont sous les décombres, elles ne pourront pas attendre jusqu'à demain !

— Je sais et j'en suis désolé, mais il faut garder espoir. Un miracle est toujours possible.

— Un miracle ? Derek, regarde... Comment peux-tu encore croire à un miracle quand tu vois tout ça ?

— Nous sommes en vie, Liam, et ça, c'est déjà un vrai miracle.

— Oui, et d'ailleurs t'étais où toi ? Tout le monde est en sang, mais toi t'as presque rien ? Quelques égratignures et c'est tout !

— Je suis désolé d'avoir trouvé un endroit où me cacher, Liam. Et si ça peut te rassurer, je suis aussi désolé d'être là, alors que Soulia ne l'est pas.

— Peut-être que Soulia et Dana sont là-dessous et que si on ne les aide pas avant demain, elles ne tiendront pas !

— Je sais, mais on n'a pas le choix. Je comprends que tu sois...

— Non, tu ne comprends pas, Derek. Et tu ne peux pas comprendre ! Tu vis seul depuis toujours ! Tu n'as pas de famille ! C'est facile pour toi ! Ce n'est pas toi qui souffres, parce que tu as peur pour tes proches !

— Oui c'est vrai... Moi, j'ai vécu ça bien avant toi...

Derek dévisagea son ami d'un regard noir et s'éloigna, vexé d'être traité de la sorte. Il n'avait rien demandé. Liam regarda les autres survivants dans l'espoir d'y voir Soulia, puis il cria :

— Vous avez vu ce que vous avez fait ? C'est votre faute ! Vous tous qui êtes là ! Vous êtes tous coupables de ce désastre. Si la Terre n'avait pas autant souffert, elle ne se serait pas vengée comme elle l'a fait. Vous l'avez pillée, vous l'avez torturée, vous l'avez tuée. C'est votre faute !

En entendant ses paroles, les rescapés commencèrent à s'énerver. Ils étaient tous accablés d'avoir tout perdu et ne pouvaient accepter les reproches de Liam. Mais celui-ci continuait et la colère, tapie au fond de lui, montait de plus en plus.

Ses paroles devenaient insultantes et méchantes vis-à-vis de tous les survivants et habitants de la Zone 1, si bien qu'ils se ruèrent sur lui, le frappèrent, lui jetèrent des pierres, le traînèrent sur le sol poussiéreux. Liam essayait en vain de se débattre, mais rien à faire, les rescapés se déchaînaient sur lui.

— Tais-toi ! cria un homme.

— Tu es aussi coupable que nous ! continua une femme.

À la vue de ce spectacle, Derek intervint. Malgré les paroles blessantes de Liam à son égard, il ne pouvait pas laisser son ami dans l'embarras.

— Calmez-vous, mes amis ! Il y a eu trop de dégâts, et trop de sang déjà versé, alors calmez-vous !

Liam se débattait et continuait de parler comme un prêtre qui prêcherait la bonne parole.

Un homme de grande taille l'attrapa, le traîna et le plaqua contre un poteau électrique qui tenait encore debout. Il le coinça, et à l'aide d'une ceinture, l'attacha fermement. Tous le regardèrent d'un air de dégoût.

— Quand tu seras calmé, peut-être que je te détacherai, abruti ! lui dit Jeffrey.

— Il ne faut pas le détacher tant que le mal est en lui !

Tout le monde se retourna. Edna avait parlé. Elle s'approcha de Liam, prit un morceau de tissu et lui banda les yeux.

— Tu as vu ce que tu viens de faire ? Pauvre fou ! Tu es aussi fautif que nous et le mal est en toi, il faut le chasser.

Liam essaya de se débattre pour se détacher, mais il fut vite épuisé et abandonna.

Chapitre 13

Les habitants s'étaient rassemblés autour d'un feu pour y prier leurs pertes. Tous les corps inertes avaient été regroupés au niveau du grand temple qui était presque en ruine. Les chants qui résonnaient dans l'air, donnèrent un sursaut à Liam. Il se démena comme s'il était possédé.

Il sentit une main se poser sur son front et se calma.

— Tu as peut-être soif ?

— Oui, répondit-il calmement.

— Je ne peux pas te détacher, mais je vais te donner à boire.

— Qui es-tu ? demanda Liam.

— Je m'appelle Gismonde. Je suis une amie de Dana.

La jeune fille un peu forte, aux cheveux roux, s'accroupit et porta la bouteille d'eau aux lèvres de Liam qui put sentir la chaleur d'une flamme près de lui.

— Ce n'est pas de l'eau minérale, mais c'est mieux que rien.

— Sais-tu où es Dana ?

Gismonde baissa la tête et prit une grande inspiration avant de répondre d'une voix tremblante d'émotion :

— Avant la catastrophe, nous étions à la Fontaine de Misère. Dana était là aussi. Puis on a senti le sol trembler. Et ensuite la terre s'est fendue en deux. On s'est tous mis à courir pour essayer de rejoindre le centre-ville. Nous nous sommes tous séparés en route. Je sais qu'il y en a qui n'ont pas survécu, car je les ai vu disparaître dans le gouffre. Mais pour Dana, je ne sais pas. Elle était avec Steve.

— Il faut que je la retrouve et Soulia aussi. Peu importe qu'elles soient mortes ou vivantes, mais il faut vraiment que je les retrouve.

— Si Steve est en vie, alors Dana l'est aussi.

— Pourquoi ça ?

— Parce que Steve et Dana étaient en couple.

— Je l'ignorais.

— Steve n'aurait jamais laissé tomber Dana. Il l'aimait sincèrement. C'était un mec bien...

Liam ne répondit pas et essaya de se détacher maintenant qu'il avait repris quelques forces. Gismonde se releva et fit un pas en arrière.

— Il faut que tu me détaches s'il te plaît.

— Je ne peux pas. Edna a dit que tu es quelqu'un de dangereux.

— Elle a dit ça ? Que je suis quelqu'un de dangereux ? s'étonna Liam.

— Oui, c'est ce qu'elle a dit. Elle a dit aussi que tu es possédé par un être maléfique.

— N'importe quoi... N'écoute pas cette vieille... dame. Elle ne sait plus ce qu'elle dit. Je dois retrouver Soulia et Dana et ce n'est certainement pas en restant attaché ici que je vais pouvoir le faire. Alors aide-moi... S'il te plaît... Pour Dana.

Gismonde réfléchit un instant, puis elle se dépêcha de le détacher tout en scrutant aux alentours, afin de voir si personne ne la voyait faire.

Liam se releva et retira le bandeau qu'il avait toujours sur les yeux. Il regarda Gismonde qui lui donna sa torche, la remercia et partit en courant. Il fit un détour par le tas de ruine qui représentait leur maison et récupéra Pauline qui était restée à la même place. Puis il s'éloigna, le cœur empli de tristesse.

Il avait mal, tellement mal, qu'il se mit à hurler en espérant que personne ne l'entende, avant de s'effondrer sur le sol. Pendant quelques secondes, il regarda Pauline, qu'il tenait fermement dans sa main, puis se releva, sillonnant le chemin en sens inverse, pour retourner chez lui. Il ne pouvait pas rester dans la Zone 1, les habitants lui feraient sûrement la peau.

Après des heures et des heures de marche dans la nuit, où des cris de détresse et de désespoir résonnaient encore dans le lointain, il s'arrêta devant ce qui restait de sa maison. Il déposa la poupée sur un parpaing et, machinalement, il se construisit un abri avec ce qu'il y avait autour de lui. Inutile de dire qu'il n'avait que l'embarras du choix. Il fouilla dans les ruines des maisons alentours, pour y trouver des objets qui lui seraient utiles. Il fallait faire vite, la torche allait sûrement s'éteindre d'un moment à l'autre.

Une fois son abri de fortune fini, il s'y réfugia, posa Pauline sur le matelas sale, troué et brûlé qui lui servait de lit, ouvrit une boite de conserve trouvée dans les décombres et en mangea la totalité. Puis il s'allongea, en prenant Pauline dans ses bras. Il la serra contre lui et s'endormit.

Chapitre 14

Le corps engourdi, Soulia se réveilla avec une migraine. Elle releva la tête, regarda autour d'elle et se demanda à voix haute :

— Où suis-je ?

Elle entendit alors des bruits de tambour qui venaient de quelque part derrière elle. Elle chercha pendant un instant et vit un homme, assis sur une caisse en bois, avec devant lui le fameux tambour et une bouteille d'alcool vide.

Cet homme semblait grand. Ses cheveux blonds coupés très courts juraient avec un bouc brun.

— Où sommes-nous ?

L'homme dévisagea Soulia un moment, puis finit par lui répondre :

— Au Paradis des Limbes !

Interloquée par la réponse de ce dernier, elle regarda autour d'elle et se mit à réfléchir. Ce qu'elle voyait lui était tout à fait inconnu.

Elle s'était réveillée sur un tapis d'herbe moelleux, dans une jungle verdoyante et pouvait entendre le chantonnement paisible des oiseaux.

— Vous connaissez Magara Kisi ? La Zone 1 ?

— Ah ! Ah ! Ah ! Sans blague ! Qui ne connaît pas Magara Kisi, très chère ? Destroyed places, empty spaces ![4]

— Euh... OK... Je m'appelle Soulia, je vous avouerais que je me suis certainement un peu égarée et...

— Je sais qui tu es ! Pas la peine de me faire un roman de ta vie ! rétorqua-t-il sèchement.

— D'accord... Alors puis-je savoir qui vous êtes ?

— Petite sotte ! Tu ne sais donc pas qui je suis ? Je suis Peter, gardien et messager du Paradis des Limbes.

— Ouh la ! Je dois être en plein délire, dit-elle complètement perdue.

— Certainement... Comme tout le monde. Bon le temps presse et je dois décider.

Il se leva, tourna autour de Soulia qui ne bougeait pas et la regarda de haut en bas.

— Voyons voir... Voyons voir... Que vais-je bien pouvoir faire de toi ?

---

[4] Paroles de la chanson Welcome to Magara Kisi écrite et composée par Johanna Zaïre.

— Comment ça *qu'allez-vous bien pouvoir faire de moi* ? Vous ne ferez rien de moi ! Je vous le dis tout de suite !

— Ah ! Ah ! Ah ! Mais tu n'as pas le choix ! rigola le messager. Ici, c'est moi qui décide si les âmes vont au Paradis ou en Enfer.

— Quoi ? Je ne comprends rien...

— Paradis, Enfer, ça te parle ?

Voyant qu'elle ne réagissait pas plus à cette précision, il continua :

— Eh bien, vois-tu, très chère, au mo...

— Soulia ! Je m'appelle Soulia !

— Oui, c'est la même chose, répondit-il agacé. Vois-tu, très chère Soulia, au moment de la mort, les âmes se rendent ici. Ensuite, elles ont le choix entre devenir des Anges au Paradis ou des esclaves en Enfer. Bien entendu, je suis celui qui décide, donc le choix est vite fait. Alors, Soulia, très chère, où désires-tu aller ? Paradis ou Enfer ? Enfer ou Paradis ?

— N'importe quoi ! Vous délirez complètement ! Vous devriez plutôt arrêter de boire ! Je m'en vais.

— Fais donc... Mais tu n'iras pas bien loin, lui fit-il remarquer avec un sourire narquois.

Le Paradis des Limbes était un endroit bien mystérieux. C'était un lieu sombre qui en même temps, rayonnait d'une étrange, mais agréable clarté. Soulia pouvait y voir deux portes. L'une en or et ornée de magnifiques sculptures qui représentaient trois animaux : un pivert, un dauphin et un agneau. Et l'autre était presque cachée par un énorme peuplier. Celle-ci était en bronze et sculptée de la même manière que l'autre, mais avec des animaux différents : un chien, un cheval et un hibou.

Étant très curieuse, Soulia se dirigea vers la porte en or, derrière laquelle provenait une douce mélodie.

— Qu'elle est cette musique ? demanda-t-elle à Peter.

— C'est de la harpe !

— C'est très joli, complimenta-t-elle.

— Oui je sais, c'est bien... Mais dépêche-toi ! Je n'ai pas que ça à faire !

— Mais je ne vous retiens pas, répliqua-t-elle.

— Oui, c'est vrai que je pourrais choisir à ta place et t'envoyer en Enfer !

— Arrêtez avec vos histoires. Je veux retourner à Magara Kisi. Dans la Zone 1.

— Toi, tu arrêtes et tu m'écoutes ! s'énerva-t-il. Ta ville n'existe plus. Elle a été détruite. Il n'en reste plus rien à part des ruines.

— C'est impossible ! Je dois y retourner.

— Pourquoi ?

— Celui que j'aime y est, ainsi que ma petite sœur.

— Ah ! Et comment s'appelle-t-il ?

— Ça ne vous regarde pas !

— Dans ce cas, je ne peux rien pour toi, s'amusa-t-il.

— Il s'appelle Liam, soupira-t-elle. Et je ne vois pas en quoi cette information pourrait vous intéresser.

— Hum... Liam... Liam... Soulia... Liam... Oh ! La bourde ! Peux-tu patienter quelques instants ? Je dois consulter quelqu'un avant de prendre ma décision.

Avant qu'elle n'ait eu le temps de répondre, Peter s'éloigna en zigzagant. *Il faut vraiment qu'il arrête de boire celui-là*, songea-t-elle tout en le regardant se diriger vers la grande porte en or. Il l'ouvrit, entra, et la porte se referma derrière lui. Soulia devait maintenant attendre son retour.

Soudain, elle se rendit compte qu'il y avait des gens qui marchaient lentement en traînant des pieds, un peu plus loin. Elle s'avança pour mieux observer. Ils étaient en file indienne et s'arrêtèrent tout près d'elle, tous très silencieux.

Soulia fit quelque pas de plus vers eux et s'adressa à un jeune homme.

— Bonjour, savez-vous où nous sommes, s'il vous plaît ?

— Nous sommes dans l'autre monde. Nous avons failli. Nous ne sommes plus que des âmes. Nos corps sont restés en bas, dit-il l'air absent.

— En bas ? questionna Soulia.

— Ne lui parle pas ! intervint Peter. Qui t'a autorisée à lui parler ?

— Je n'ai pas besoin d'autorisation pour parler à quelqu'un, s'énerva Soulia.

— Peu importe, tu m'agaces... Tu es agaçante ! Très agaçante ! soupira-t-il. Suis-moi.

Peter retourna près de sa caisse en bois qu'il ouvrit et en sortit une bouteille. Il dévissa le bouchon et se mit à boire avec une bonne descente. La patience de Soulia touchait à sa fin.

— Pouvez-vous m'indiquer le chemin pour retourner à...

— Chut ! Ne dis plus rien. Je ne veux surtout plus t'entendre dire quoi que ce soit. Tu pourras aller à Magara Kisi, mais d'abord, laisse-moi te conter l'histoire du Paradis des Limbes.

Un jour, il y eut
Un Ange déchu
Blessé par la supériorité
D'un Ange aimé.

Il voulut se battre,
Mais s'avoua vaincu.
Il ne put le battre,
Et tomba perdu.

L'Ange aimé :
De bons vivants, il accueillait.
L'Ange déchu :
Des malfrats, il secourut.

Une guerre entre eux éclata,
Et leur monde, en peu de temps, s'écroula.
Une entente s'annonça,
Lorsqu'un messager se prononça.

De guider les âmes il proposa.
Le Paradis des Limbes, il créa.

Chapitre 15

Le corps engourdi, Soulia se réveilla avec une migraine. Elle releva la tête, regarda autour d'elle et se demanda à voix haute :

— Quel affreux cauchemar...

Il n'y avait que des ruines aux alentours. Tout était gris et sombre, l'air était quasi-irrespirable. C'était le chaos. Soulia ne reconnaissait plus rien. Elle souleva les débris qui lui étaient tombés dessus et se releva. Elle était blessée au niveau des genoux, ses mains étaient en sang et elle avait des égratignures un peu partout sur le corps, mais contrairement à d'autres qui n'avaient pas eu cette chance, elle était vivante.

Elle regarda la belle entaille sur son genou droit. Un bout de verre y était planté. Elle approcha sa main du morceau pris dans sa chair, hésita, le saisit du bout des doigts et eut soudain un haut-le-cœur. Ça faisait bien trop mal. Elle regarda autour d'elle, cherchant de l'aide, mais comprit bien vite qu'elle était seule. Elle ne pouvait pas laisser ce bout de verre, il fallait absolument l'enlever.

Elle prit son courage à deux mains, prit une nouvelle fois le morceau du bout des doigts, garda une main posée sur son genou pour le maintenir et tira doucement en serrant les dents, jusqu'à ce que l'élément lui reste dans la main. Puis elle le jeta par terre comme pour si ce geste ferait instantanément disparaître la douleur. Des larmes ruisselaient sur ses joues. Elle souffla, reprit sa respiration et se leva tant bien que mal. Elle essaya de se frayer un chemin dans tout ce désordre. Elle avait peur en observant le paysage morbide qui l'entourait, puis elle repensa à Dana et Liam et marcha plus vite malgré la douleur. Elle voulait retrouver sa sœur, puis aller chercher Liam. Ils étaient peut-être en vie eux aussi.

Soudain, elle se rendit compte qu'elle n'était pas dans la Zone 1. *Où suis-je ?* se demanda-t-elle. *Comment ai-je pu arriver ici ? Allez réfléchis un peu, essaie de te rappeler.*

Elle se stoppa et s'assit par terre, adossée contre un reste de mur.

— Bon reprenons, dit-elle à voix haute. On était à la brocante, Dana est partie avec ses amis. Ensuite, on a vu les oiseaux dans le ciel. Après ça, les cloches de la ville ont sonné, et là... et là... Il y a eu le tremblement de terre ! J'ai couru pour aller chercher Dana. Mais je suis passée par la maison pour récupérer Pauline... Qu'elle idée ! Pourquoi j'ai fait ça ? Et ensuite... Hum... Ensuite, j'ai vu cette...

À cet instant, un bruit monstrueux se fit entendre, Soulia se tut. Le son venait de derrière. Elle se releva légèrement pour pouvoir apercevoir quelque chose. Il y avait un amas de détritus, sur lequel étaient perchés des êtres étranges. Ils avaient l'air humain, mais en même temps, ils ne semblaient pas l'être. Soulia écarquilla les yeux pour mieux distinguer de quoi il s'agissait. Elle regarda si elle pouvait partir sans qu'ils ne la voient, et se mit à ramper jusqu'à ce qu'elle soit assez éloignée. Puis, elle se redressa et se mit à courir le plus vite possible.

Au bout de quelques minutes, elle ralentit. Son genou lui faisait bien trop mal. Elle clopina en direction de la ville en ruine qui s'étendait devant ses yeux, espérant y trouver quelqu'un qui pourrait lui venir en aide.

Elle s'arrêta un moment pour reprendre son souffle, puis se dirigea dans une ruelle. Elle considéra les lieux un instant, en essayant de distinguer quelque chose à travers la brume poussiéreuse. Elle appela en espérant que quelqu'un lui réponde, mais seul l'écho de sa voix lui revint aux oreilles.

Elle sentit un vide creuser son estomac, pour se remplir de peur et de désespoir.

— Eh ! Oh ! Il y a quelqu'un ici ?

Le murmure du vent fut la seule réponse qu'elle obtint. La jeune fille était épuisée. Elle entra dans ce qui devait anciennement être un bar et s'assit sur une banquette. *Comment se fait-il qu'il n'y ait personne ?* pensa-t-elle. *Il devrait y avoir des survivants, comme moi. Et même s'il n'y avait pas de survivants, il devrait y avoir des corps un peu partout et... Oh ! C'est tellement sordide ! On dirait que quelqu'un est venu faire le ménage, ou que les gens ont littéralement disparu. Il faut que j'arrête de réfléchir et surtout que j'arrête de regarder des films de science-fiction... Ça va me rendre dingue.* Elle se leva, alla derrière le comptoir et essaya d'ouvrir le robinet. L'eau ne coulait pas.

Elle ouvrit les placards un par un et y trouva des bouteilles d'eau, d'alcool et de jus de fruits encore intactes, ainsi que de quoi grignoter et des linges.

Elle retourna sur la banquette avec une bouteille d'eau, une bouteille d'alcool, un paquet de cacahuètes et des torchons. *Allez courage... Ça va juste brûler un peu...*

Elle ouvrit la bouteille d'alcool et en versa un peu sur ses blessures, puis appuya dessus avec un torchon. Elle eut un haut le cœur à cause du supplice qu'elle endurait, serra les dents, essaya de ne pas crier, respira profondément et recommença. Elle gémissait, les larmes coulaient. Elle avait les yeux rougis par la souffrance. Il fallait qu'elle respire lentement et profondément pour ne pas faire un malaise. Elle prit une nouvelle inspiration et recommença une dernière fois, prit un linge encore inutilisé et l'enroula autour de son genou, le serra bien fort et le noua.

Après cela, elle but un peu d'eau et ouvrit le paquet de cacahuètes qu'elle dévora sans attendre, avant de s'allonger sur la banquette, exténuée.

Chapitre 16

Des faisceaux de lumières balayaient la pièce de droite à gauche et de haut en bas, tandis qu'un nuage de poussière s'élevait à chaque pas entamé par les visiteurs :

— Je crois qu'on n'a pas fouillé par ici.

— Faites attention… On ne sait jamais si les Déchus sont dans le coin.

Soulia ouvrit les yeux dès qu'elle entendit ces voix. La nuit était tombée.

Une femme entra dans le bar en ruine accompagnée de deux hommes. Ils avaient des lampes torches et étaient armés. Soulia se cacha derrière la banquette et, sans le faire exprès, elle fit tomber la bouteille d'alcool qui se brisa par terre.

En quelques secondes, elle se retrouva avec une arme braquée sur elle et complètement aveuglée par la lumière.

— Ne tirez pas je vous en supplie ! cria-t-elle.

— Qui es-tu ? Et que fais-tu ici ?

— Je m'appelle Soulia et je suis perdue. Je suis à la recherche de ma famille. Je dois retourner à Magara Kisi. Je vous en prie ne tirez pas !

Elle tremblait de tout son corps tellement elle avait peur. La femme baissa son arme et aida Soulia à se relever. Celle-ci retomba sur la banquette.

— Je m'appelle Emmy, et voici Nick et John.

Soulia observa le trio qui la dévisageait. Emmy n'était pas très grande, avait de longs cheveux ondulés, un petit nez qui pointait légèrement vers le haut, tandis que John était de grande taille avec un visage très carré orné d'une barbe de trois jours.

— Comment es-tu arrivée ici et d'où viens-tu ? questionna de nouveau Emmy en rangeant son arme dans l'étui attaché à sa ceinture.

— Je viens de la Zone 1 et j'avoue que je ne sais pas vraiment comment je suis arrivée ici.

— De Magara Kisi ? s'étonna John qui fouillait dans les placards.

— Oui, vous connaissez ?

— Oui... Tu as besoin d'un médecin pour tes plaies.

— Ça ira, merci. Il faut vraiment que je retourne là-bas.

— J'ai bien peur que ce ne soit pas possible, enchérit John

— On va te ramener au refuge où tu pourras être soignée, continua Emmy.

Soulia ne répondit rien. Ne sachant pas où elle était, elle pensa qu'il était plus sage de les écouter. Nick, le plus jeune du groupe, s'approcha d'elle et l'aida à marcher. John récupéra tout ce qui était profitable, puis ils sortirent du bar en scrutant l'horizon.

— Vous avez une voiture ?

— Oui, bien sûr ! s'enjoua Emmy.

Soulia monta à l'arrière du Hummer avec Nick. John démarra et sortit de la petite ville.

— Tu as dû faire beaucoup de route pour arriver jusqu'ici si tu viens de la Zone 1, commenta John en regardant Soulia dans son rétroviseur.

— Je n'en ai aucune idée. Je ne me souviens de rien et je n'ai plus la notion du temps. Tout ce que je fais me parait interminable.

Ils parcouraient le terrain cabossé et John freina d'un seul coup.

— Regardez-moi ce monticule d'objets. On peut peut-être trouver des choses à ramener. Emmy, tu viens avec moi et Nick, tu restes avec elle.

John coupa le moteur, mais laissa les phares en direction de sa trouvaille. Il s'avança avec Emmy vers la petite montagne d'objets, arme à la main jusqu'à sortir du champ de vision de Soulia et Nick.

— Alors comme ça tu viens de Magara Kisi, dit Nick d'un ton las.

— Oui, pourquoi ? demanda Soulia qui essayait d'apercevoir Emmy et John.

— Je ne sais pas, c'est bizarre.

— Pourquoi ?

— Parce que c'est bizarre, c'est tout, répondit l'adolescent, laissant Soulia sur sa faim.

Soudain, un cri se fit entendre et des coups de feu retentirent. Nick sortit de la voiture en hâte, monta sur le siège conducteur et démarra la voiture en appuyant à fond sur l'accélérateur. Là, il vit Emmy se ruer vers eux et s'arrêta violemment pour la laisser monter. Elle avait du sang sur elle.

— Roule ! cria-t-elle.

— Et John ?

— Roule, je te dis ! Merde...

Soulia ne bougeait pas, la vue de tout ce sang ne lui inspirait rien de bon. Elle regardait et écoutait en essayant de comprendre ce qui se passait, se faisant la plus discrète possible.

Emmy se tortillait sur son siège, appuyant bien fort sur la blessure sanguinolente qu'elle avait au niveau de l'épaule.

— Emmy, que s'est-il passé ?

— Ils étaient là ! Ils ont surgi de nulle part ! Ils nous ont attaqués... John en premier. J'ai réussi à m'échapper avant que l'un d'eux ne m'attrape, mais il m'a griffée, expliqua-t-elle en regardant la plaie suintante.

Soulia repensa aux êtres étranges qu'elle avait vus quelques heures plus tôt. Elle se retourna pour regarder l'amoncellement d'objets abandonnés sur lequel ils étaient de nouveau.

— Qui sont-ils ? questionna-t-elle.

— Tu veux plutôt dire *que* sont-ils ? rectifia Emmy en appuyant bien sur le mot. On ne sait pas. Tu as déjà vu les Zombies dans les films ?

Soulia acquiesça.

— Eh bien, c'est pareil, sauf que nous les appelons les Déchus et qu'on ne se transforme pas s'ils nous mordent. Ils nous attaquent et nous tuent pour se nourrir. Même s'ils paraissent humains au premier abord, ils ne le sont certainement pas. Le problème, c'est qu'ils sont partout. C'est pour ça que nous sommes armés et méfiants avec la moindre personne.

— Tu as de la chance qu'on t'ait trouvée, continua Nick. Ils n'auraient fait qu'une bouchée de toi.

Soulia resta muette et appuya sa tête contre la vitre pour finalement fermer les paupières. Elle espérait s'endormir et se réveiller dans son lit aux côtés de Liam.

Chapitre 17

Vous êtes venus ici dans un but bien précis, dit Edna... Jamais je ne t'abandonnerai... C'est du jamais vu ! s'écria Carry Snow... Soulia ! Ça va aller... Mais j'ai tellement peur de te perdre Liam... Vous êtes venus ici dans un but bien précis... Que Gaïa vous protège... Seuls les Enfers feront foi ! Chaque lumière a sa part d'ombre... Soulia ! Ça va aller... Ne l'oublie jamais... Mais j'ai tellement peur de te perdre.

Liam se réveilla en sueur. *Quel cauchemar !* pensa-t-il. Il attrapa sa bouteille d'eau et but le reste de son contenu. *Je vais devoir aller chercher à boire et à manger, sinon je vais mourir.* Le jour était levé depuis longtemps déjà. Il sortit de son abri de pierres et de taules, regarda autour de lui et s'étira. Il se sentait mal et était en colère. Il espérait que tout ce qui s'était passé ne soit qu'un délire de plus dans ce monde.

Pourtant, tout avait bien eu lieu et il le savait pertinemment. Il avait espéré se réveiller avec Soulia à ses côtés, mais il en était autrement.

Tout était silencieux dehors, de la fumée grisâtre sortait encore des profondeurs terrestres. Un brouillard épais s'était installé et l'odeur qui flottait dans l'air était presque étouffante. Il ne voyait pas grand-chose à travers cette brume, ne pouvant distinguer que les formes qui l'entouraient.

Soudain, il perçut une masse noire se déplacer vers lui. Il prit un bâton qui traînait par terre, au cas où il devrait se défendre. La silhouette s'approcha tout en restant à une certaine distance, comme si la personne préférait rester dissimulée.

— Qui êtes-vous ? demanda Liam.

— Je suis une personne très importante.

— Une personne très importante ? Ça dépend pour qui ! Dites-moi qui vous êtes !

— Je suis une personne très importante pour ce monde. Tous les gens me connaissent, mais peu de personnes croient en moi. Je suis doté d'une sagesse incomparable.

— Et d'une maladie mentale aussi... râla Liam.

— C'est à peu près ça... comme tout le monde.

— Pff... Il faut vous faire soigner mon vieux...

— J'y penserai.

— Allez-vous-en maintenant, reprit Liam en rentrant dans son abri.

— Je comptais partir, bien évidemment. J'étais juste venu t'avertir que tu auras bientôt la visite de quelqu'un... De quelqu'un qui t'est cher.

Liam ressortit aussitôt, mais l'homme était parti. Il essaya de percer le brouillard, mais il était beaucoup trop dense pour y voir clair. Il repensa à Soulia et Dana, car elles étaient les deux seules personnes qui lui étaient vraiment chères. Il se perdit dans ses pensées pendant quelques minutes, puis il prépara ses affaires pour aller chasser. Mais il fallait patienter, car il ne verrait pas grand-chose s'il partait maintenant.

Il prit sa guitare rafistolée et se mit à jouer, plongé dans un état de nostalgie. Il attendit un bon moment avant que le brouillard ne s'estompe.

Lorsque l'épaisse brume disparut, il attrapa Pauline, souleva une des dalles qui constituait le sol de son refuge et déposa la poupée dans le trou pour la cacher. Il prit son sac, sa carabine et sortit. Il suivit le sentier de terre battue et arriva rapidement à la lisière de la forêt.

Il entra dans les bois sombres et courut à travers les arbres. Le terrain était abrupt, mais Liam le connaissait bien. Il s'arrêta au bas de celui-ci, au niveau d'une rivière, ouvrit son sac et en sortit des bouteilles vides qu'il remplit soigneusement. Il restait attentif au moindre bruit. Une fois fini, il remit les bouteilles dans son sac et se releva. Il longea le cours d'eau sur quelques mètres, passa sur un tronc d'arbre qui faisait office de pont, regagna le chemin et continua de marcher. Il s'immobilisa, leva la tête, prit sa carabine et visa l'oiseau perché sur une branche.

Il s'apprêta à tirer, quand il entendit un grognement derrière lui. Liam se retourna et vit un gros sanglier prêt à charger. Il n'attendit pas une seconde de plus et tira sur la bête qui fonça droit sur lui malgré la balle reçue. Liam tira une seconde balle dans l'œil de l'animal qui s'affala sur le tapis de lierre dans un court gémissement. *C'est ce que j'appelle une journée qui commence bien,* se dit-il.

Il s'assura que l'animal était bien mort, lui attrapa les pattes arrière et le traîna sur le sol. *Je vais galérer à le ramener,* nota-t-il. *Mais c'est tout de même une bonne chose, c'est tellement rare de voir un animal par ici, à part des oiseaux.* Il rebroussa chemin en direction du sentier. Le sanglier était bien trop lourd pour le porter jusqu'en haut. De ce fait, il suivit fidèlement le petit chemin.

Liam était fatigué. C'était une belle prise, mais aussi un fardeau bien encombrant qu'il devait ramener chez lui. Il fit une pause et s'assit sur un tronc, scruta le ciel et se remémora le bon temps lorsqu'il était avec Soulia, chez eux, qu'ils regardaient la télévision et qu'elle se blottissait dans ses bras.

Soudain, des voix lointaines et un bruit de pas le sortirent de ses pensées. Il se hâta de cacher la bête morte sous le feuillage d'un buisson et grimpa dans un arbre tout proche. Perché sur sa branche, il pouvait entendre les voix se rapprocher de plus en plus.

— Il faut se dépêcher ! J'ai entendu dire que les Déchus rodaient dans le coin.

— Mais non, ils sont au Sud !

— Tu dis n'importe quoi Andréa ! Les Déchus sont partout maintenant, et il y en a de plus en plus.

— De toute façon il faut qu'on se dépêche. On ne devrait même pas être là. S'ils découvrent le trou dans le grillage, on est fichus.

— Tu as entendu les nouvelles ?

— Non, pas aujourd'hui. Ça disait quoi ?

— L'équipe du Shelter[5] November aurait retrouvé un survivant à quelques kilomètres des Meadows.

---

5 Camps destinés aux réfugiés.

— Tu rigoles, Gismonde ! Ce n'est plus un survivant à ce stade c'est un miraculé.

— Ça tu l'as dit ! rigola cette dernière.

Les deux jeunes filles s'éloignèrent sur le petit chemin de terre et Liam attendit encore quelques instants avant de descendre de son arbre. Puis, il ressortit sa capture de sous le buisson et reprit tranquillement son chemin.

Il arriva chez lui au bout d'une vingtaine de minutes, déposa la bête devant la porte et entra. Il se précipita ensuite sur la dalle pour vérifier la présence de Pauline. Et heureusement, la poupée y était toujours. Elle était la seule chose qui lui restait de Soulia et ne pouvait donc se résoudre à la perdre. Il la posa sur son oreiller tout comme le faisait Soulia, puis ressortit avec un couteau à la main.

Il était disposé à dépecer le sanglier, lorsqu'il repensa à la conversation des deux jeunes qu'il avait vues dans la forêt. Il prit sa petite radio, la posa sur un tronçon d'arbre et l'alluma, mais elle ne captait pas très bien. Liam dut bouger l'antenne à plusieurs reprises avant de pouvoir déceler quelque chose d'audible.

— Rappelons qu'il vous faut être prudents, car les Déchus sont dangereux. Nous vous conseillons donc de rester dans votre Shelter. Dans quelques instants, je vous donnerai les nouvelles des différents refuges. C'était Carry Snow en direct du Shelter Alpha.

À chaque fois qu'il entendait la voix de Carry, Liam se sentait réconforté. Il gardait espoir en se disant que Soulia était peut-être elle aussi dans un de ces Shelters.

Il alluma un feu pour faire rôtir la viande qu'il avait récupérée du sanglier, puis il mangea tout en fixant Pauline du regard. À ce moment-là, une idée lui traversa l'esprit : peut-être se sentirait-il mieux s'il lui confiait sa peine ?

— Je vais vraiment finir par devenir fou à rester seul. Pas vrai Pauline ? Qu'en penses-tu ?

— Je pense que tu l'es déjà à moitié !

Pris d'un sursaut, Liam attrapa sa carabine et se retourna brusquement pour viser l'intrus qui était venu lui rendre visite.

— Oh ! Du calme, mon pote ! Ce n'est que moi ! Faut te détendre un peu !

— Derek... T'es cinglé ! J'aurais pu te tuer, abruti !

— Tu ne dois pas être encore assez fou pour le faire, plaisanta-t-il.

Liam posa son fusil contre la tôle de son abri et s'assit de nouveau pour finir son repas, tandis que Derek se défit de son arme et se joignit à lui.

— Je venais voir si tout allait bien dans ton petit monde.

— Je dois dire que oui... Plus ou moins... J'évite de trop réfléchir, répondit Liam d'un ton calme.

— Oui... C'est pour ça que tu parles à une poupée ?

Liam soupira et regarda Pauline qui était maintenant entre les mains de son ami.

— Elle s'appelle Pauline.

— Quoi ?

— La poupée... Elle s'appelle Pauline.

— Ah ! Je ne savais pas qu'elle avait un nom.

— C'est une poupée Derek... Toutes les poupées ont un nom. Celle-ci appartient à Soulia qui lui parlait tout le temps.

— Elle lui disait quoi ?

— Elle lui parlait de tout et de rien. De sa journée, de ses pensées, de ses peurs... De pleins de choses. Je suis sûr que cette poupée connaît tous les secrets de Soulia dans les moindres détails.

— Et les tiens ?

— Les miens ? Je n'ai plus de secrets Derek... parce que je n'ai plus rien.

— Détrompe-toi, tu m'as moi et... tu as Pauline aussi. Je suis certain que même si elle n'est pas très bavarde, elle est de bonne compagnie, mais... quelqu'un d'un peu plus causant ne te ferait pas de mal.

— Peut-être...

— Liam, tu ne pourras pas rester éternellement seul en retrait.

— Pourquoi ?

— Parce que les Déchus se multiplient et gagnent un peu plus de terrain chaque jour.

— Et alors ? Je te l'ai dit, je n'ai plus rien. Si je dois mourir alors je mourrai. La seule chose qui me garde en vie, c'est cette petite lueur d'espoir de la retrouver qui brûle au fond de moi. Et cette lueur je la vois aussi dans les yeux de cette poupée. C'est pour ça que je lui parle.

— Mais tu pourrais venir avec moi.

— Où ça ? Au Shelter ? Même pas en rêve !

— Pourquoi ?

— Tu sais très bien pourquoi, Derek ! Les autres ne seront pas ravis de me voir revenir. Ils me voient tous comme un traître.

— C'est du passé, Liam. Tes mots ont dépassé ta pensée. Tu étais en colère, parce que tu étais en détresse et malheureux d'avoir perdu ceux que tu aimais...

— Que j'aime... Celles que j'aime ! corrigea Liam.

— Oui... Cela dit, personne ne t'en voudra. N'importe qui aurait pu réagir comme tu l'as fait. Ça arrive de péter les plombs. Les gens t'ont pardonné.

— Les gens n'ont pas oublié... Alors t'es gentil, mais je préfère rester ici en compagnie de quelqu'un de pas très causant.

— Comme tu voudras.

Derek passa l'après-midi avec Liam. Ensemble, ils se remémorèrent les bons souvenirs passés au sein de la Zone 1. Liam se sentait bien mieux en compagnie de Derek, mais il ne pouvait pas intégrer le Shelter. Il avait peur de recréer un conflit.

— Je vais devoir repartir avant que la nuit ne tombe, précisa Derek.

— Oui, c'est plus prudent, en effet.

— Je repasse te voir très bientôt. Tu vas tenir le coup ?

— Oui, ne t'inquiète pas. L'espoir me donne la force de continuer.

— Alors j'espère que tu garderas espoir encore longtemps.

— Tu as entendu les nouvelles ?

— Non, je ne supporte plus la voix de Carry Snow.

— Ça peut se comprendre ! s'exclama Liam. Un survivant aurait été retrouvé au niveau du Shelter November, et ça tu vois, ça me donne de l'espoir.

Derek sourit, puis serra son ami dans ses bras. Il récupéra son fusil qu'il attacha en bandoulière sur son dos et sortit du petit abri.

Liam se retrouva de nouveau seul. Il regarda Pauline et songea aux paroles de son ami. La nuit tomba rapidement, Liam était allongé sur son lit de fortune et écoutait la radio, tout en passant machinalement ses doigts dans la chevelure emmêlée de la poupée. La fatigue le guettait.

Avant de s'endormir, il se dirigea vers un petit placard qu'il avait construit lui-même, situé à côté de son lit. Il ouvrit les portes de bois, prit une boîte d'allumettes et alluma des bougies posées sur l'unique étagère dont il disposait. La radio émettait toujours.

— Il est à présent 00h05 environ, fin de la dernière transmission. Nous reprendrons après une bonne nuit de sommeil. Soyez-prudents et évitez de vous balader en pleine nuit hors des Shelters. C'était Carry Snow en direct du Shelter Alpha.

Le son se brouilla et Liam éteignit la radio, se redirigea vers son autel, ferma les yeux et prit une grande inspiration. Une larme coula sur sa joue.

— Voilà, mon ange... Je ne t'oublie pas... Encore une fois, je prie pour toi.

Chapitre 18

À son réveil, Soulia avait des bandages aux genoux et des pansements sur ses plaies les plus importantes. Elle se redressa sur le petit lit de camp et regarda tout autour. Elle était sous une tente faite de différents tissus cousus ensemble et le tout était tendu sur des piquets de bois. Elle se leva et prit ses chaussures au pied du lit. Elle les mit et enfila la veste trouée qu'elle portait à son arrivée.

Au moment de sortir, une jeune femme ouvrit la toile.

— Que faites-vous debout ? Il faut vous reposer, c'est important.

— Mais je vais bien... Je vous assure que je vais bien, se justifia Soulia.

— Nous allons voir ça. Je suis infirmière, ne vous inquiétez pas, expliqua la femme. Asseyez-vous, s'il vous plaît.

Soulia s'exécuta et la femme vint l'examiner. Elle lui changea ses pansements et ses bandages.

— Je vais demander qu'on vous trouve des vêtements en meilleur état que ceux que vous portez.

— Merci, c'est très gentil de votre part.

— C'est normal.

— Quelle heure est-il ?

— Il est presque midi, vous devez avoir faim.

— Oui, et surtout très soif !

— C'est bon vous pouvez vous lever, mais doucement, recommanda l'infirmière en l'aidant. Je vais vous conduire aux chefs de camps.

— Aux chefs de camps... répéta Soulia qui était complètement dépassée par les événements.

— Oui, les chefs de camps : Emmy et Nick, ceux qui vous ont trouvée. Allez, suivez-moi.

Soulia suivit l'infirmière hors de la tente. Le soleil l'éblouit un court instant. Juste le temps que ses yeux s'adaptent à la forte luminosité, puis elle put observer les alentours. Il y avait des tentes similaires à celle où elle se trouvait quelques minutes auparavant. Il y en avait beaucoup, elle ne pouvait pas les compter. Il y avait également des tables et des bancs, certains abrités d'autres pas. Elle tourna la tête à gauche et vit de hautes clôtures de fils de fer et de barbelés. *On se croirait dans un campement de l'armée*, se dit-elle, bien qu'elle n'ait jamais mis les pieds dans un tel camp auparavant. D'autres personnes étaient présentes, elles discutaient.

Certains préparaient le repas. Des enfants courraient et jouaient. Plus loin, des jeunes s'envoyaient un ballon sur ce qui semblait être un petit terrain de foot. Des familles entières étaient regroupées ici, sous les yeux émerveillés de Soulia.

— Nous y voilà ! Vous pouvez entrer.

Soulia remercia l'infirmière et entra sous la tente, où le numéro un était peint en rouge sur la toile. À l'intérieur, Emmy, Nick et un homme étaient en train de discuter autour d'une table sur laquelle était disposée une carte dessinée à la main. Ils se retournèrent lorsqu'ils virent la jeune femme entrer.

— Bien dormi ? questionna Emmy.

— Oui... Merci, répondit Soulia.

— Je suppose que tu as faim.

Soulia hocha la tête. Elle se sentait mal à l'aise. Quelque chose la perturbait, mais elle n'osait leur dire. Sa timidité avait pris le dessus.

— Nick, tu veux bien l'accompagner à la tente dix-huit qu'elle puisse manger un morceau, s'il te plaît.

— OK. Tu viens ?

Soulia hocha la tête de nouveau et suivit Nick à travers le campement. Elle resta muette tout le long du trajet.

La tente dix-huit était plus grande que toutes les autres et une trentaine de personnes s'y était regroupées pour le repas.

— Écoutez-moi tout le monde, cria Nick. Je vous présente... Euh... C'est quoi ton nom ?

— Soulia.

— D'accord, je vous présente Soulia. Elle vient d'arriver dans le campement, donc vous serez gentils de ne pas la laisser de côté et de lui faire une petite place pour le repas.

Puis il se tourna vers Soulia.

— Nous allons t'attribuer une tente. Je ne te garantis pas que tu y seras seule, mais la colocation est aussi une bonne chose, et tout le monde est gentil ici, alors ne te fais pas trop de soucis.

— D'accord, merci.

Nick partit et Soulia se trouva timidement une place à une table, alors que tout le monde la dévisageait en silence. À sa droite se trouvait un petit garçon d'environ sept ans, et à sa gauche, un homme d'une quarantaine d'années.

On lui apporta une assiette pleine de nourriture, ainsi que des couverts tordus, et un verre fêlé. Soulia regarda son assiette, ses couverts et son verre et commença à manger.

— C'est toi la miraculée ? questionna le petit garçon.

— Euh... Je ne sais pas, répondit Soulia perplexe. Je n'en suis pas sûre, non.

— Jamie, laisse-la ! Ellc doit être fatiguée et n'a certainement pas envie d'entendre tes questions, le gronda sa mère.

— Oh ! Ce n'est pas grave. Il ne me dérange pas.

— C'est toi qui viens de la ville interdite ? lui demanda-t-il curieux.

— De la ville interdite ? répéta Soulia.

— Jamie ! Ça suffit ! protesta sa mère en lui faisant les gros yeux. Finis ton assiette et va jouer avec tes amis.

Le petit garçon avala le reste de son repas en deux coups de fourchette et sortit de la tente en courant.

— De quoi parle-t-il ? demanda Soulia.

— Ce n'est pas important. L'important, c'est que vous soyez saine et sauve parmi nous et que vous repreniez des forces. Oh ! Et je m'appelle Susanne.

— Tu as eu de la chance que les chefs du Shelter t'aient trouvée, continua l'homme d'une quarantaine d'année. N'a-t-on pas idée de se balader à quelques kilomètres des Meadows ?

— C'est quoi les... Meadows ? interrogea Soulia.

— C'est une zone marécageuse située plus au sud. Un endroit bizarre à ce qu'on dit. Les chefs du Shelter y sont allés une fois, on ne les a jamais revus.

— C'est quoi un Shelter ?

— Mais dis-moi, tu n'as pourtant pas l'air d'être née de la dernière pluie ! s'écria l'homme.

— Un Shelter, c'est un refuge. Il y en a dix-huit dans le monde, continua Susanne.

— Ici c'est le Shelter November. Je m'appelle Rodrigues, je suis le mari de Susanne, se présenta-t-il en lui serrant chaleureusement la main.

— Et le Shelter November, c'est situé où... dans le monde ? s'inquiéta Soulia.

— On ne sait pas vraiment. Le monde a tellement changé. Mais nous sommes en vie et c'est tout ce qui compte, alors ne vous posez pas trop de questions, expliqua Suzanne.

Soulia resta silencieuse et continua de manger, alors que Rodrigues ne cessait de la dévisager.

— Que faisais-tu à quelques kilomètres des Meadows ?

— Rodigues ! Laisse-la voyons, tu es pire que ton fils, gronda Susanne.

— Je te rappelle que c'est aussi le tien de fils ! grogna-t-il en retour.

Soulia s'essuya la bouche avec un mouchoir posé à côté de son assiette et répondit :

— J'étais à la recherche de ma petite sœur et de mon compagnon.

— Je suis vraiment désolée pour vous, lui dit Susanne attristée. Vous êtes-vous renseignée auprès des Shelters pour voir s'il n'était pas sur une liste ?

— Non, mais je le ferai après le repas. Merci beaucoup.

— Peut-être sont-ils sains et saufs tout comme vous ? En tout cas, je l'espère sincèrement.

— Merci... Et dites-moi... De quoi parlait Jamie tout à l'heure ?

— Il parlait de la ville interdite, située dans l'ancien sud de la France. Soi-disant que vous viendriez de là-bas.

— Eh bien, je viens de la Zone 1, dit-elle fièrement.

Soulia sentit tout à coup un malaise se loger en elle. Tout le monde s'était tu lorsqu'elle avait prononcé ces mots : Zone 1. Tout le monde la regardait à présent. Elle se sentit tellement mal qu'elle se leva et sortit de table, laissant son assiette à qui voudrait la finir.

D'un pas décidé, elle se dirigea vers la tente un, ouvrit la toile et s'écria :

— Je veux qu'on me ramène dans la Zone 1 ! Il faut que je retrouve ma sœur et mon compagnon.

Sa patience avait finalement atteint sa limite. Emmy, Nick et l'autre homme, toujours assis autour de la table, se retournèrent et la dévisagèrent, tout en restant de marbre. Ils échangèrent un regard et Emmy se leva pour s'approcher de Soulia.

— Calme-toi et écoute-moi. Tu ne peux pas retourner là-bas, et personne ne le peut.

— Mais pourquoi ? Et c'est quoi cette histoire de ville interdite ? Je ne comprends rien à ce qu'il se passe.

— Viens t'asseoir avec nous. Nous allons t'expliquer, répondit Emmy.

Soulia suivit la jeune femme et alla s'asseoir à côté de l'homme qu'elle ne connaissait pas encore.

— Je m'appelle Carter, lui dit-il en lui tendant la main pour la saluer.

— Soulia.

— Enchanté, Soulia ! Tu dois être sacrément courageuse pour vouloir retourner là-bas, sourit-il.

— Je ne vois pas pourquoi, dit-elle énervée. C'est de là que je viens et ma famille doit encore y être. Ils ont surement besoin d'aide.

Emmy lui servit un verre d'eau et Carter reprit :

— La ville a été détruite et envahie par les Déchus. Il n'en reste plus rien à part des ruines. Quelques temples tiennent encore debout, mais plus personne n'y va à moins de vouloir y laisser la vie.

À ces mots, Soulia manqua de s'étrangler en avalant une gorgée d'eau. Elle toussa deux ou trois fois avant de répondre déconcertée :

— Qu'avez-vous dit ?

— Que la ville a été détruite et qu'à moins d'être suicidaire...

— Peu importe, intervint Emmy qui fusilla Carter du regard. Le problème n'est pas là ! Tu vois cette carte, Soulia ? Nous sommes ici... Au nord-ouest. Et la Zone 1 est ici... Au sud, on est d'accord ?

— Oui… sauf que je ne sais même pas comment je suis arrivée ici. Comment est-il possible de parcourir la France entière, du sud au nord en si peu de temps ? Excusez-moi mais je ne comprends rien. Hier j'étais à une brocante avec ma petite sœur dans la Zone 1, au sud… Ensuite le monde a explosé et je me suis retrouvée je ne sais où… Et maintenant me voilà au… nord-ouest. Je suis vraiment désolée, mais je ne comprends strictement rien à ce qui m'arrive.

Ils dévisagèrent de nouveau Soulia et échangèrent des regards interloqués.

— Tu étais à une brocante avec ta sœur ? répéta Nick de son habituel ton las.

— Oui. Mon compagnon, Liam, est reparti chez lui pour aller chercher des meubles, mais il n'a pas eu le temps de revenir avant que le monde ne s'écroule.

— Quand étais-tu à une brocante avec ta sœur ? reprit Carter.

— Hier, juste avant que la terre ne pique sa crise, s'énerva la jeune femme.

— Tu peux nous raconter exactement ce qui s'est passé hier ? demanda Emmy posément.

Soulia souffla, rassembla ses souvenirs dans sa tête et leur expliqua. Elle leur raconta tout : le départ de Liam, la brocante, les oiseaux, les cloches, les cataclysmes, le moment où elle est retournée chez elle pour trouver sa sœur, puis la gigantesque tornade qu'elle vit en sortant, son réveil au milieu des décombres, l'épisode du bout de verre, et pour finir le moment où ils l'ont trouvée, puis elle ajouta :

— Je me souviens de tout ce qui s'est passé hier.

— Hier ? insista Nick en étouffant un petit rire moqueur.

— Oui. Hier.

À la vue de leurs regards, Soulia n'était finalement plus très sûre de ce qu'elle disait.

— En tout cas, il n'y a pas si longtemps... C'était juste avant que le monde ne s'effondre. Alors ça doit faire quelques jours seulement...

— Soulia, je pense que j'ai compris ton problème.

— Quoi ? Quel problème ? Je n'ai pas de problème.

Emmy inspira avant de continuer :

— Tu risques d'être choquée par ce que je vais te dire et c'est tout à fait normal, mais je t'assure que ça va aller. Le monde a explosé il y a très exactement deux ans jour pour jour.

Chapitre 19

Boum ! Boum ! Boum ! Des coups sourds résonnèrent dans la petite cabane de Liam, le réveillant en sursaut.

— Liam réveille-toi !

Derek tambourinait sur la porte en taule. Liam se leva et alla lui ouvrir. Le jour était à peine levé, mais Derek avait tout de même fait la route du Shelter Papa jusque-là.

— T'es complètement cinglé de venir jusqu'ici en pleine nuit ! le réprimanda Liam encore émergeant.

— Prépare-toi ! Il faut absolument que je te ramène au Shelter Papa.

— Ne me dis pas que tu as fait tout ce chemin et que tu m'as réveillé en espérant que je te suive.

— Euh... Si, pourquoi ? sourit-il.

— Parce que je vais retourner me coucher et que toi, tu vas être gentil, et tu vas repartir au Shelter en étant prudent.

— Non, Liam ! Il faut que tu viennes ! Je t'expliquerai en chemin, mais il faut que tu viennes.

— Je te préviens que si ça se passe mal, tu en seras le seul responsable.

— D'accord... Mais dépêches-toi ! s'enquit Derek, surexcité.

— Ah ! Et surtout... Fait en sorte que je ne me retrouve pas nez à nez avec Edna.

— D'accord... Mais dépêche-toi !

Pressé par l'excitation de Derek, Liam fit un brin de toilette rapide, se changea et attrapa son sac. Il mit Pauline dedans, ainsi qu'une bouteille d'eau et ils sortirent.

— Une voiture ? s'étonna Liam

— Tu n'as quand même pas cru que j'avais fait le chemin à pied ? plaisanta Derek.

— Si...

— Allez monte ! Je t'expliquerai tout en route.

Le conducteur de la voiture démarra en trombe pour se diriger vers le Shelter Papa situé à trente minutes. Liam ne le connaissait pas, mais ça n'avait pas d'importance pour lui. Il avait confiance en Derek.

Assis à l'arrière avec son ami d'enfance, Liam contemplait le paysage. La nature avait quand même bien repris le dessus en deux ans de temps, malgré le fait qu'il y ait encore des zones recouvertes de cendres. Derek regarda Liam et attendit que celui-ci tourne la tête vers lui pour lui dire :

— Alors ? Tu veux savoir ?

— Oui, vas-y, dis-moi tout. Pourquoi tant d'engouement de ta part ?

— Hier tu m'as parlé de ce survivant qui a été retrouvé par le Shelter November. J'y ai réfléchi pendant la route du retour et, en rentrant, j'ai essayé d'avoir des renseignements. Donc j'ai contacté le Shelter November et ils m'ont dit que la personne en question venait de la ville interdite. C'est génial, non ?

— Je ne te suis pas très bien là. Tu me fais venir dans ton Shelter, parce que le survivant retrouvé vient de la Zone 1 ?

— Chut ! Parle moins fort, tu vas perturber le conducteur !

— Je ne vois vraiment pas le problème avec la Zone 1.

— Chut ! Tu sais que beaucoup de personnes y sont allées et que ces personnes n'en sont jamais revenues. C'est devenu le refuge d'une force maléfique.

— Le refuge d'une force maléfique ! ironisa Liam.

— Oui ! Pas la peine de rire, parce que c'est sérieux, Liam.

— Et qui a dit ça ?

— C'est... Pas important. Bref, ce qui est génial et ce que j'ai oublié de te préciser, c'est que ce survivant en question est en fait une survivante. Je n'ai pas pu avoir plus de renseignements, mais elle vient de... la ville interdite. Ils nous la ramènent dans notre Shelter en début d'après-midi.

— Pourquoi m'avoir fait venir ce matin ?

— Parce que je pensais que tu serais aussi enjoué que moi...

— Je ne veux pas avoir de faux espoirs, Derek. Donc je ne me réjouirai pas avant d'avoir vu cette personne.

Le paysage défilait rapidement sous les yeux des deux jeunes hommes. Le soleil se levait à l'horizon, baignant le ciel dans une enveloppe teintée de rose et de violet.

— Derek, tu ne trouves pas que, depuis la grande catastrophe, le ciel est de plus en plus beau à regarder.

— Tu dis ça parce que tu as cru que tu ne le verrais plus jamais, ricana-t-il. Et on appelle ça le Crépuscule des Puissances.

— De quoi ?

— Ce que tu appelles la grande catastrophe... Nous on appelle ça le Crépuscule des Puissances.

— Le Crépuscule des Puissances... murmura-t-il pensif. Si tu le dis !

Liam, qui regardait toujours par la fenêtre, put apercevoir l'entrée du Shelter Papa. Il repensa à ce jour où il était chez Edna avec Soulia et qu'elle regardait ce tableau étrange sans le quitter des yeux.

Tout comme le Shelter November, le campement était entouré de fils de fer barbelés et se constituait de tentes et d'abris en tôle. Deux hommes armés leur ouvrirent les portes.

— C'est ça votre Shelter ?

— Oui, nous y sommes en sécurité.

— On dirait un campement sortit tout droit d'un film de guerre, constata Liam.

— À quel film penses-tu ?

— Là tout de suite ? sourit-il.

— Oui.

— À Captain America[6], s'exclama-t-il.

Ils se mirent tous les deux à rire dans la voiture qui stoppa un peu plus loin, à côté de la tente numéro 1. Les deux amis sortirent et la voiture s'éloigna. Liam entra sous la tente.

— Bonjour, Liam. Derek m'avait prévenu de votre arrivée parmi nous. Nous vous avons réservé une tente un peu à l'écart pour que vous puissiez être tranquille.

Jeffrey, un homme de grande taille, brun aux yeux marron, aux cheveux très courts s'approcha de Liam et lui serra la main.

— Et pour ce qui s'est passé il y a deux ans... Sans rancune ?

---

[6] Film réalisé par Joe Johnston, sorti en 2011 sous le nom de Captain America : First Avenger.

Liam reconnu l'homme qui l'avait attaché à ce poteau électrique en plein milieu des décombres de la Zone 1.

— Non, sans rancune...

— Je laisse à Derek le soin de vous accompagner à votre tente, numéro vingt-cinq.

Ils ressortirent aussitôt et traversèrent le campement pour rejoindre la tente de Liam. Les habitants du Shelter Papa étaient tous à l'entrée de leurs tentes respectives et regardaient Liam passer comme s'il était une bête de foire. Ils semblaient avoir tous été mis au courant de son arrivée et les commentaires allaient bon train, mais il garda son calme du mieux qu'il le put.

— C'est encore loin ? Parce que je ne te garantis pas de me contrôler encore longtemps... dit-il discrètement à Derek.

— Encore quelques mètres et on y est, mon pote.

Derek accéléra le pas pour éviter que son ami ne se heurte à un nouveau conflit. Ils arrivèrent et Derek souleva la toile et s'arrêta net. Liam qui le suivait de près fit de même.

— Edna ! Je ne pense pas que ce soit une bonne idée que vous restiez ici. Liam est fatigué, il aimerait rester au calme... Seul.

— Je ne resterai pas longtemps, juste le temps de lui adresser quelques mots.

— Derek, fais-la taire ! Fais-la sortir ! Je ne veux pas la voir et encore moins l'entendre.

— Edna, il faut sortir.

— Derek... Je ne me contrôlerai pas, alors fais-la sortir ! cria-t-il.

Derek attrapa la vieille dame par le bras et la fit gentiment sortir. Puis il retourna auprès de son ami et tenta de le calmer, mais Liam avait les nerfs à vif.

— Je t'avais prévenu, Derek. C'est la seule personne que je n'avais pas envie de voir et voilà que c'est elle qui s'incruste sous ma tente.

— Calme-toi... Ça ne sert à rien de t'énerver.

— Cette femme a le don de m'énerver ! Elle... me tape sur le système, tu vois ? Elle faisait exactement la même chose dans la Zone 1.

— Liam...

— Elle avait le don de venir nous déranger avec ses phrases toutes faites !

— Liam... Elle est partie...

— Oh ! Oui, je vois bien qu'elle est partie et heureusement pour elle ! Mais elle va revenir, Derek, parce qu'elle est comme une sangsue et qu'elle l'a toujours été avec Soulia et moi, depuis le jour de notre arrivée dans la Zone 1

— Elle ne reviendra pas, Liam. Je te le promets.

— Non, Derek. Ne me fais pas de promesses que tu ne pourras pas tenir. Ce n'est pas contre toi, mon pote. T'as voulu m'aider, je t'en suis reconnaissant, mais je m'en vais, comme ça il n'y aura plus de problème.

— Liam... Non. Reste, s'il te plaît.

Liam récupéra son sac qu'il avait posé sur le lit de camp et sortit en hâte de la tente.

Tout le monde était dehors et avait écouté la dispute. Liam se retrouva au milieu de la foule qui formait un arc de cercle à l'entrée de la tente et Edna s'avança vers lui.

Elle tenait un grand bâton dans sa main droite et ses yeux étaient blancs. Elle avait perdu la vue. Elle demanda le silence, pointa Liam du doigt et dit calmement :

— Elle arrive.

Chapitre 20

Carter était au volant du Hummer, les yeux rivés sur la route. Assise sur le siège passager à côté de lui, Emmy observait le paysage et Nick, quant à lui, était installé sur la banquette arrière avec Soulia. Ils étaient armés et bien décidé à ramener la jeune femme saine et sauve au Shelter Papa.

— Tu peux te reposer. La route est encore longue jusqu'à chez toi.

Soulia posa sa tête contre la vitre et regarda le paysage qui l'entourait. Des champs de ruines à perte de vue. La végétation avait repris possession de certains lieux, mais le gris et le noir restaient en grande partie les couleurs prédominantes.

— Vous avez fouillé tous ces endroits ? demanda-t-elle.

— Oui, quasiment, répondit Nick.

— La Zone 1 était une jolie petite ville avant tout ça. J'ai du mal à me dire qu'elle est devenue une ville interdite. C'était un endroit convivial, où tout le monde s'entendait bien... Bâtie sur une vieille cité antique. Le genre de ville pleine de secrets et de légendes. Et dire que tout a été réduit en cendres en moins de temps qu'il n'en fallut pour la construire...

— Ferme les yeux, et essaie de te reposer. Ceux qui vivaient dans cette ville sont pour la plupart au Shelter Papa. Tu les verras à notre arrivée.

— C'est difficile pour vous d'appeler cette ville par son nom ?

— Nous y avons perdu un bon nombre de personnes... C'est une ville maudite... Pour nous.

Elle regarda une dernière fois le paysage avant de fermer les yeux.

— Tu espères y retrouver ta sœur et ton compagnon ?

— Quoi ? demanda-t-elle en ouvrant les paupières.

— Au Shelter Papa... Tu espères y retrouvez ta sœur et ton compagnon ?

— Oui, j'espère.

— Comment s'appelle ta sœur ?

— Dana.

— C'est un joli prénom.

— C'est celui d'une étoile.

— Et ton ami il s'appelle comment ?

— Liam.

— Et ton prénom, c'est aussi le nom d'une étoile ?

— Non, il vient du mot anglais soul, qui veut dire âme.

— Tes parents avaient de l'imagination.

— Oui… Et toi ? Tu as des membres de ta famille dans le campement ?

— Non… Je suis fils unique et mes parents… n'ont pas survécu au Crépuscule des Puissances.

— Au Crépuscule des Puissances… répéta la Magare perplexe.

— Oui, c'est comme ça qu'on appelle ce qui s'est passé.

— Oui, je m'en doute, dit-elle avec un regard vide. Je suis désolée pour tes parents.

— Merci… J'espère que tu retrouveras ceux que tu cherches.

La voiture filait à toute vitesse sur la route sinueuse. Ça faisait maintenant un peu plus de trois heures et demie qu'ils roulaient. Soulia fut réveillée par la voix d'Emmy et les crissements de la radio que la jeune femme tenait dans la main.

— Papa pour November, vous me recevez ? dit-elle dans la radio.

— Transmet November.

— Nous sommes à quinze minutes de votre campement.

— Bien reçu. Terminé.

Soulia se redressa sur la banquette arrière de la voiture et aperçut au loin le campement du Shelter Papa. Elle avait hâte de sortir de cette voiture, espérant vivement retrouver Liam et Dana, ainsi que d'autres connaissances. Les paroles de Nick lui avaient redonné davantage d'espoir. Son cœur battait la chamade et, plus ils approchaient, plus les battements s'accéléraient. Les gardes ouvrirent les portes pour laisser passer le véhicule et Carter freina dans un nuage de poussière.

Ils descendirent de la voiture, accueillis par Jeffrey qui était accompagné de Derek. Soulia fut la dernière à descendre. Elle se jeta dans les bras de Derek dès qu'elle le vit. L'émotion était tellement forte qu'elle se mit à pleurer à chaudes larmes. Derek la rassura en chuchotant à son oreille, puis l'emmena avec lui.

— Merci beaucoup de l'avoir ramenée, dit Jeffrey à Carter.

— De rien, c'est tout à fait normal.

— Vous resterez bien un peu avant de reprendre la route ? Histoire de manger, vous désaltérer et de vous reposer.

— Pourquoi pas ! C'est bien aimable, merci.

— Suivez-moi.

Chapitre 21

Liam s'était calmé et attendait patiemment sous la tente qui lui avait été réservée. Soudain la toile se souleva et il vit entrer celle qu'il attendait depuis maintenant deux ans. Elle courut se réfugier dans ses bras et le serra aussi fort qu'elle le put. Liam prit le visage de Soulia entre ses mains, la regarda sous tous les angles, lui caressa la joue pour sécher les larmes qui coulaient sur ses joues, lui sourit et l'embrassa tendrement.

— Mon Ange, tu as survécu ! Ça fait tellement longtemps ! Je n'ai jamais cessé d'y croire.

— Je ne sais pas ce qui s'est passé. Je ne sais même pas où j'étais pendant tout ce temps, dit-elle entre deux respirations saccadées.

— Ça n'a pas d'importance. Tu es là et c'est ce qui compte maintenant.

— Et Dana ? Elle est ici aussi ?

— Non, mon Ange. Dana n'est pas ici, mais tout espoir de la retrouver n'est pas perdu... Regarde ! Ça faisait deux ans que tu avais disparu et te voilà ici aujourd'hui.

L'après-midi se déroula normalement au Shelter Papa. Emmy, Nick et Carter s'étaient restaurés et s'entretenaient maintenant avec Jeffrey et Derek. Soulia et Liam quant à eux étaient restés sous leur tente.

— Au fait, j'ai quelque chose pour toi, mon Ange, annonça Liam en empoignant son sac à dos.

Il ouvrit la fermeture éclair et en sortit la poupée meurtrie.

— Pauline ! s'écria Soulia telle une enfant.

— Je l'ai récupérée après la grande catastrophe quand je te cherchais.

— Merci beaucoup, chéri. Il faut que tu m'expliques ce qui se passe ici.

— Je ne sais pas. Je ne vis pas ici en temps normal.

— Comment ça ?

— Je vis en retrait, à une heure d'ici à pied.

— Et tu sais ce qui se passe dans le monde ? Parce que je n'y comprends vraiment rien.

— Oui, si on veut... Mais je ne suis pas sûr de pouvoir t'expliquer grand-chose. Derek serait...

Au moment même où Liam prononça son nom, Derek entra. Il regarda le couple l'un après l'autre et se risqua à leur dire :

— Edna aimerait vous parler.

— C'est hors de question, protesta Liam.

— Edna ! Comment va-t-elle ? Elle a peut-être quelque chose d'important à nous dire, insista Soulia.

— Oui... Certainement... confirma Derek.

— Qu'est-ce que tu en sais ? demanda Liam.

— Je n'en sais rien, mais ça a l'air d'être important.

— Je ne veux pas le savoir.

— Chéri... S'il te plaît... quémanda Soulia, en le fixant d'un regard plein de douceur.

— Un court instant alors...

Derek ressortit et réapparut aussitôt, accompagné de la vieille dame, qu'il aida à s'asseoir sur une chaise.

— Merci. Ce que j'ai à dire à nos deux amis est strictement confidentiel.

À ces mots, Derek s'en alla, visiblement vexé, et Liam put lire de l'inquiétude dans les yeux de sa moitié. Edna ne bougeait pas, elle gardait la tête droite. Au bout de quelques secondes, elle posa sa canne en bois à côté d'elle.

— Je ne m'attendais pas à ce que votre retour soit aussi long, jeune fille. C'est pourquoi il faut se dépêcher, car nous allons bientôt manquer de temps.

Liam leva les yeux au ciel et Soulia lui donna un petit coup de coude.

— Ce n'est pas parce que je suis aveugle que je ne vous vois pas, Liam, répliqua Edna. Maintenant, écoutez-moi bien tous les deux. Il faut sauver Magara Kisi.

— Ça y est ! Elle remet ça ! soupira-t-il.

— Liam, s'il te plaît...

— Soulia, je t'en prie... Elle m'a dit la même chose il y a deux ans.

— Oui, c'est vrai et justement, Liam ! Rien n'a changé depuis, si ce n'est que le temps va finir par nous manquer.

— De quoi parlez-vous Edna ? interrogea Soulia, toujours aussi curieuse.

— Je parle de votre but, de la raison qui vous a amenés à Magara Kisi. Je ne pourrai pas tout vous dire, car je ne sais pas tout, mais je connais l'essentiel de ce que vous devez savoir.

— Alors dites-nous tout qu'on en finisse une bonne fois pour toute, s'impatienta Liam.

— Il vous faut retourner là-bas pour accomplir votre tâche.

La vieille dame aux mains tremblantes chercha après sa gourde attachée à sa ceinture et but une gorgée. Elle toussa puis reprit :

— Vous avez un but précis... Que vous devez accomplir... Ensemble.

— Edna ? Est-ce que ça va ? s'inquiéta Soulia.

Edna se mit à tousser de plus belle et tomba de sa chaise. Liam et Soulia se ruèrent sur elle pour l'aider.

— Edna, ça va aller, lui dit Liam attentionné.

— Non, il est trop tard...

— Soulia, appelle un médecin… Vite !

Soulia sortit en courant et cria à l'aide.

— Liam… Écoute-moi bien, continua Edna qui avait de plus en plus de mal à parler. Il faut me faire confiance… De sombres jours sont proches… Seuls vous… pouvez changer cela… Vous ensemble… Soulia, toi et… et… la poupée, Liam.

— Pauline ?

— Toujours ensemble, Liam… Rien que vous… Ensemble…

— Je ne comprends pas, Edna. On ne pourra rien faire si vous ne nous expliquez pas.

Soulia et Derek entrèrent précipitamment sous la tente, suivis de Carter qui était médecin. Edna était allongée par terre, la tête posée sur les genoux de Liam qui lui ferma les yeux. Une larme coula sur la joue de ce dernier et finit sa chute sur le front de la vieille dame. Soulia ne pouvait y croire. Elle s'effondra à genoux à côté d'Edna. Les sanglots coulaient sans s'arrêter le long de ses joues. Elle lui prit la main.

Liam se redressa délicatement et se leva. Il attrapa son sac, remit Pauline dedans et se dirigea vers Soulia. Il l'attrapa délicatement par le bras et l'aida à se relever.

— Nous partons ! lui dit-il.

— Quoi ? intervint Derek. Vous ne pouvez pas partir comme ça. Il va faire nuit dans environ une heure. Il faut rester... Il y aura une cérémonie pour Edna ce soir.

— Nous serons arrivés chez moi à temps. Ne t'inquiète pas. J'aurais juste besoin de quoi boire, de quoi nous nourrir et de quoi nous défendre.

— Pourquoi ? Vous allez où ?

— À Magara Kisi.

Liam prit la main de Soulia et ils sortirent tous les deux, traversant l'attroupement qui s'était formé devant l'entrée de la tente, suivis de Derek qui essayait de les retenir en vain.

— Liam, c'est de la folie ! Vous ne pouvez pas faire ça... Soulia ! Dis quelque chose !

— Nous partons, Derek... lui répondit-elle doucement.

— Vous êtes fous... Vous ne pouvez pas... Vous ne survivrez pas !

— Il faut qu'on essaye, riposta Liam.

Derek laissa un cri de rage sortir de ses entrailles, ce qui alerta Jeffrey, Emmy et Nick.

— Que se passe-t-il ? questionna Emmy.

— Ils veulent partir... pesta Derek.

— Partir où ?

— À Magara Kisi, déclara Soulia d'un ton sûr.

Jeffrey, Emmy et Nick étaient médusés. Jamais personne n'aurait osé avoir une idée aussi tordue. C'était du suicide, ils le savaient très bien, mais ils regardèrent le couple décidé à s'en aller.

— Si c'est leur souhait... On ne peut pas leur interdire, avoua Jeffrey.

— Si c'est leur souhait ? s'étrangla Derek. Mais c'est du délire Jeffrey ! Ils ne tiendront pas une journée dans ce monde. Liam ne s'éloigne pas à plus d'un kilomètre de son abri et Soulia, c'est comme si elle débarquait d'une autre planète. Ils vont mourir. En plus, Edna vient de nous quitter... Vous ne pouvez pas partir comme ça. Pas maintenant.

— Derek, il faut qu'on retourne là-bas. C'est notre choix et notre droit, alors laisse nous partir, insista Liam.

— Dans ce cas, je vous accompagne, annonça Nick. Je connais plutôt bien ces terres et leurs dangers.

— Nick... murmura Soulia. Tu n'es pas obligé de...

— C'est vrai, mais c'est mon choix et mon droit.

— On peut vous déposer quelque part peut-être ? proposa Emmy.

— Oui, ça ne sera pas de refus, affirma Liam.

— Pouvons-nous partir après la cérémonie ? demanda Soulia.

— Bien sûr. Nous vous attendrons à l'entrée du campement.

À la tombée de la nuit, les réfugiés en deuil se regroupèrent au fond du camp pour les obsèques d'Edna.

Les chants qui accompagnèrent la marche funèbre plongèrent Liam dans ses pensées. Il se remémora l'altercation qu'il avait eue avec les survivants deux ans auparavant. Il se souvint qu'il avait traité Edna de vieille harpie, mais il ne le pensait pas. Un trou avait été creusé dans le sol par trois volontaires qui se chargèrent également d'y déposer soigneusement le corps enveloppé dans un drap. Chaque personne passa près de la tombe et y jeta un peu de terre. Les trois volontaires recouvrirent le corps sans vie, jusqu'à ce que le trou soit entièrement refermé. Des fleurs furent déposées sur la tombe. Jeffrey craqua une allumette et enflamma les torches situées de part et d'autre de celle-ci. Le silence régnait à présent au sein de la communauté Papa. Les dernières larmes furent versées et tous se retirèrent sans un bruit.

À l'entrée du camp, Carter mit les clés sur le contact et démarra la voiture. Emmy remercia Jeffrey d'une poignée de main et lui adressa toutes ses condoléances.

Nick ouvrit le coffre pour y mettre des armes et trois sacs remplis de vivres et de munitions. Soulia et Liam dirent au revoir à Derek et Jeffrey, puis montèrent dans le Hummer.

— Ce n'est pas un adieu, Derek... C'est juste un au revoir. On se reverra, mon vieux ! lança Liam.

— Oui, on se reverra, susurra Derek, alors que le véhicule s'éloignait.

— Dans trente minutes, nous serons chez moi, s'enquit Liam. Ce n'est pas très grand comme abri, mais ça fera bien l'affaire pour cette nuit, plaisanta-t-il.

La voiture roulait à toute allure. Carter ne voulait pas trop tarder. Il voulait éviter de tomber dans une embûche de Déchus sur le retour pour le Shelter November.

Lorsqu'ils arrivèrent, le trio ne mit pas longtemps à se coucher. Il fallait se lever à l'aube pour prendre la route vers Magara Kisi.

— Que t'a dit Edna ? demanda Soulia qui n'obtint aucune réponse de la part de Liam.

Il préféra attendre que Nick soit endormi pour lui en parler, mais il ne pouvait pas lui en dire trop. Il ne put lui dire que ce qu'il comprit. Que ce qu'Edna lui fit comprendre. Il put lui dire qu'il fallait qu'ils restent ensemble quoi qu'il se passe, qu'il fallait emmener Pauline et qu'il fallait retourner dans la Zone 1.

— Tu lui fais confiance maintenant ? murmura Soulia.

— Je lui dois bien ça. Malgré tout ce qui a pu se passer, je me rends compte qu'elle avait peut-être raison pour beaucoup de choses.

Une larme coula sur la joue de Soulia. Elle se blottit contre Liam qui posa ses lèvres sur son front.

— Bonne nuit, mon Ange.

Chapitre 22

L'horizon s'apprêtait à rougir lorsque Nick s'éveilla. La nuit avait été courte, mais calme et reposante. Le jeune homme regarda les deux amoureux qui dormaient encore et prépara les sacs pour le voyage. Il attendit le dernier moment pour les réveiller.

— Allez, debout ! Une longue route nous attend, cria-t-il.

— Ne me dis pas que c'est la façon qu'avait ta mère de te réveiller ? grommela Liam en s'étirant.

— Ma mère, non, mais mon père, oui, plaisanta Nick. Préparez-vous, le jour va bientôt pointer le bout de son nez.

Liam et Soulia se levèrent et s'habillèrent chaudement avec les vêtements prêtés par le Shelter. Ils mangèrent un peu pour prendre des forces avant d'entamer le voyage. Liam vérifia qu'ils n'avaient rien oublié, s'assura que Pauline était bien dans son sac et ferma la porte de fortune. Nick avançait déjà sur le petit chemin, en examinant la carte que Jeffrey lui avait laissée.

— Allez ! En route ! Il faudrait qu'on arrive assez vite à la ville qui, anciennement, s'appelait Montbard. Il nous faudra trois jours pour y être.

— Et en combien de temps serons-nous à Magara Kisi ? demanda Soulia.

— Hum... Eh bien, si on suit bien le chemin qui me paraît être le plus court et si tout se passe bien, je pense qu'environ quinze jours de marche très intense suffiront... À peu près.

— Alors ne perdons pas de temps ! s'enquit Liam.

Ils passèrent par la forêt où Liam avait l'habitude de chasser. Les oiseaux chantaient au-dessus de leurs têtes et la nature s'éveillait avec l'humidité du matin. Armes en mains, ils avançaient d'un pas rapide et restaient attentifs au moindre bruit et au moindre mouvement. Même si les Déchus préféraient attendre la nuit pour traquer leurs proies favorites, le trio n'était pas à l'abri d'une mauvaise rencontre.

— J'espère que vous êtes prêts à grimper, grimaça Nick.

— Il faut passer de l'autre côté ? s'exclama Liam.

— Tout à fait ! C'est le chemin le plus court à mon avis, et plus vite on arrivera à la ville interdite, mieux ça sera.

— Il y a quoi de l'autre côté de cette montagne ? interrogea Soulia.

— Tu verras, répondit Nick, un sourire en coin.

Ils se remirent en route et quittèrent l'allée de terre pour couper par les bois, où les branches s'entremêlaient dans tous les sens.

— C'est vraiment la jungle ici, bougonna Liam.

La montée était ardue, mais ils pouvaient s'accrocher aux troncs d'arbres pour s'aider. Soulia commençait à fatiguer à cause de la douleur qu'elle ressentait au genou gauche. Liam l'aida en lui prenant la main.

— Nick, il faut faire une pause. Soulia à mal au genou, cria-t-il.

— On n'est plus très loin. Encore un petit effort.

— Ça va aller, chéri, affirma Soulia. Je me reposerai en haut.

Elle prit sur elle et se remit en marche. Liam la suivait de près pour l'aider si besoin. Nick était déjà arrivé et sortit une bouteille d'eau. Il tendit la main à Soulia pour l'aider à faire un dernier pas, puis elle alla s'asseoir, adossée contre un arbre. Nick lui tendit la bouteille d'eau et Soulia en but une bonne gorgée, puis elle contempla le paysage qui s'étendait au pied de la montagne.

Tout n'était que cendres avec des arbres morts calcinés. Il n'y avait là pas une seule pointe de couleur vive et de la fumée sortait des crevasses parsemées sur le sol. Un paysage lunaire s'étendait à leurs pieds. Ils surplombaient tout de là où ils étaient.

Ils pouvaient voir une grande partie de ce monde qui était méconnaissable aux yeux de Soulia.

— On va devoir traverser tout ça ? s'inquiéta-t-elle.

— Oh que oui ! ricana Nick.

— Elle a peur et ça t'amuse, intervint Liam, prenant la bouteille d'eau à son tour.

— Ce n'est pas le fait qu'elle ait peur qui m'amuse. C'est juste que personne n'a encore réussi à traverser ce maudit pays sain et sauf, alors… si on y arrive… C'est que nous sommes… des dieux ?

Il rigola de plus belle.

— Tu as une drôle de façon de me rassurer, gémit Soulia.

— Je n'essayais pas de te rassurer. Je n'ai pas envie de te faire croire que tout se passera bien, alors que le danger est partout autour de nous.

— Je comprends.

Le silence reprit le dessus pendant un court instant, puis Nick poursuivit :

— Il y a des grottes situées à environ cent dix kilomètres d'ici, et sachant que nous parcourons cinq kilomètres en une heure, nous devrions y être avant la tombée de la nuit.

— Comment s'appelle cet endroit ?

— Nous l'appelons la Vallée Noire. Par là-bas, il y a les Meadows, dit-il en pointant du doigt pour que Soulia puisse se faire une idée. Et beaucoup plus loin au Sud, il y a la ville interdite.

— Magara Kisi, corrigea Soulia

— Oui... C'est ce que j'ai dit, répliqua-t-il en lui faisant un clin d'œil.

— Et si on se remettait en route, les coupa Liam.

— Oui, allons-y.

Nick aida Soulia à se remettre debout avant que Liam ne puisse le faire. Il rangea la carte dans la poche de son manteau et ils repartirent. Soulia pensait que la descente serait beaucoup plus simple, mais elle se trompait. Le sol était mou et le trio s'enfonçait dedans. Le sable noir auquel pensait la jeune fille était en fait un tapis de cendres. Leurs chaussures étaient grisées, ainsi que le bas de leur pantalon. Ils s'enfonçaient parfois jusqu'aux genoux. Une odeur de soufre planait dans l'air, ils devaient respirer modérément pour ne pas suffoquer.

Ils arrivèrent assez vite au pied de la montagne et Nick leur fit signe de s'arrêter.

— Vérifiez que vos armes sont bien chargées et prêtes à l'emploi. Nous risquons d'en avoir besoin.

— Mais je ne me suis jamais servie d'une arme, protesta Soulia

— Y'a un début à tout, railla Nick.

— Pff... Tout est une plaisanterie pour toi, la défendit Liam. C'est simple, mon Ange. Il est chargé. Je t'enlève la sécurité, tu n'as plus qu'à tirer. Ne nous vise pas et tout ira bien. Tu peux faire ça ?

— Je ne me sens pas capable de tuer, non.

— C'est de l'auto-défense, rectifia Nick.

— C'est pareil, Nick. Je suis incapable de tuer.

— Alors tu vas mourir, conclut-il.

— Ne lui parle pas comme ça ! tempêta Liam. Elle n'a pas besoin de ça. Soulia, reste près de moi et tout se passera bien. Je te protégerai et je ne t'abandonnerai jamais. Tu le sais ?

— D'accord, dit-elle en baissant la tête.

— On peut y aller.

Nick était en tête et observait les moindres détails de ce sinistre décor. Des carcasses traînaient un peu partout. Des os d'animaux et certainement des os d'hommes aussi. Cet endroit était malsain. La mort y vivait et ils pouvaient tous la ressentir. Un faucon vint se poser sur un arbre non loin d'eux et se mit à réclamer bruyamment.

Au sol, deux vautours se régalaient avec une bête morte. L'un d'eux s'arrêta de becqueter la chair encore fraîche et regarda le trio passer, tout en repliant son cou. *C'est répugnant,* pensa Soulia.

Tout à coup, les charognards s'envolèrent et Nick se retourna :

— Des coyotes ! Courez ! hurla-t-il.

Les trois jeunes se mirent à courir à toutes jambes. Derrière eux, les aboiements de quatre chiens sauvages résonnaient dans la plaine. Nick se retourna tout en continuant sa course et tira des coups de feu en direction des animaux en furie. Il en toucha un et Liam fit de même.

— Plus que deux Liam ! hurla Nick essoufflé.

Il tira une nouvelle fois, en blessant un autre, et Liam finit par tuer le dernier. Nick s'arrêta de courir.

— Stop ! Stop ! Stop ! Vous avez déjà mangé du coyote ? dit-il en reprenant sa respiration.

— Tu rigoles, j'espère ! s'indigna Soulia qui s'était écroulée dans les cendres, afin de reposer son genou.

— Tu sais, Soulia... Nous mangerons ce que nous aurons sous la main pendant ce voyage. Pas d'hôtel, pas de restaurant et encore moins de fast-food en bordure de route... Comme tu peux le voir, il n'y a même plus de route, ironisa Nick. Alors si tu ne veux pas crever de faim, il faudra t'y faire. Nous allons prendre le plus petit avec nous pour ne pas qu'il nous encombre trop et comme ça on sera sûrs d'avoir un repas pour ce soir.

Nick s'avança vers le coyote blessé et tira un dernier coup de feu pour abréger ses souffrances, puis il attrapa le plus petit coyote et le mit sur son dos. Soulia baissa la tête. Liam se dirigea vers Nick et le prit à part :

— Écoute Nick... C'est très gentil de ta part d'avoir voulu nous aider, mais il faut que tu comprennes une chose... Soulia ne supporte pas la violence, que ce soit envers un humain ou un animal, alors évite de dire, ou de faire des choses qui pourraient...

— Elle verra bien pire, renchérit Nick à voix haute, en passant devant Soulia. Les coyotes, c'est de la rigolade par rapport aux Déchus et ça m'étonnerait fort que nous fassions ce voyage sans en croiser un seul.

— Je ne suis plus vraiment sûre de vouloir faire ce voyage, soupira-t-elle.

— Quoi ? Qu'est-ce que tu racontes ? cria Liam.

— Derek avait sans doute raison... Ce voyage, c'est de la folie. Nous n'y arriverons jamais.

— Non, Soulia. Tu ne peux pas perdre espoir comme ça. Nous y arriverons, répliqua Liam en lui prenant les mains pour la rassurer. Nous y arriverons ensemble.

— Tu le penses vraiment ?

— Oui, mon Ange. Sinon je ne te le dirais pas.

À ces mots, Soulia se releva avec l'aide de Liam et ils reprirent leur route.

Chapitre 23

La nuit s'annonçait dans le lointain, ils n'étaient maintenant qu'à quelques minutes des grottes. Avec ce paysage de roches et de galeries qui les entouraient, Liam avait l'impression d'avoir parcouru le monde entier et d'être arrivé dans un tout autre pays. Pourtant, il n'était qu'à une centaine de kilomètres de chez lui. Ils arrivèrent enfin devant une immense paroi de pierre, percée à divers endroits.

— Et ça, ce sont les grottes, supposa Liam.

— Exactement ! Nous allons passer la nuit ici, mais nous allons devoir faire un peu d'escalade avant. Nous aurons moins de chance d'être attrapés par les Déchus.

— Encore faut-il considérer ça comme une chance, se moqua Liam.

— Bon... Je passe en premier.

Nick escalada la paroi avec prudence, suivi de Soulia et Liam. Ils s'arrêtèrent lorsque celui-ci trouva une grotte qui semblait être parfaite pour leur sécurité. Soulia s'assit sur un rocher, tandis que Liam regroupait les sacs dans un coin de la petite caverne. De son côté, Nick cherchait des morceaux de bois pour allumer un feu.

— Celle-ci est bien. Elle est assez grande pour qu'on puisse y dormir et y faire un feu sans trop attirer l'attention, expliqua-t-il.

— Il y a beaucoup de Déchus par ici ?

— Les Déchus sont partout, mon Ange. C'est bien là le problème, développa Liam.

— Mais ils sont... humains ? hésita-t-elle.

— Oui... Plus ou moins, dit Nick. Certains disent que les Déchus étaient humains, qu'ils sont morts pendant le Crépuscule des Puissances, qu'ils sont allés en Enfer et que le diable les a renvoyés sur terre sous cette forme, pour détruire le reste de l'humanité. Chouette légende, pas vrai ?

— Qu'est-ce que c'est ? interrogea Liam qui se tenait debout devant la grotte.

— Quoi ?

— Tu n'entends pas ?

— Si... Tu parles des aboiements ? Ce sont les coyotes.

— Ah ouais ? Regarde !

Nick se redressa et regarda en direction de ce que lui montrait Liam. Il y avait un chien qui courait dans leur direction en aboyant. Étonnement, il était seul, alors qu'en général les coyotes se déplaçaient en meute.

— Il ne pourra pas monter jusqu'ici.

Soulia se leva à son tour pour voir ce qui se passait et s'écria.

— Chéri, c'est Gold !

— Gold ? C'est quoi Gold ? questionna Nick hébété.

— Le chien d'un ancien ami, sourit Soulia.

— Et vous ne trouvez pas ça bizarre qu'il soit là ?

— C'est un chien, il a dû sentir notre odeur ! s'exclama la jeune femme.

Liam redescendit la paroi pour aller chercher le chien qui se mit à japper en les voyant lui et Soulia.

La nuit était là, le trio était assis dans la grotte, autour du feu, et dégustait le petit coyote pour reprendre des forces. *C'est vraiment pas mauvais*, constata Soulia. Gold était couché tout près d'elle. Le vieux chien devait être épuisé et affamé, c'est pourquoi ils lui laissèrent les restes du repas. Nick avait planté des pics de bois juste à l'entrée de la grotte pour se protéger des prédateurs et avait mis un produit incandescent au bout de chaque pic.

Soudain un cri perçant brisa le silence de la nuit. Nick se leva d'un bond et enflamma un morceau de bois pour en faire une torche. Il s'apprêtait à enflammer les autres quand Gold se mit à grogner, sentant le danger arriver.

— Nick, qu'est-ce que c'est ?

— Les Déchus... Je pensais que tu en avais déjà vu de près, Liam.

— Non, il n'y en a pas près de chez moi… Ils arriveront à monter, n'est-ce pas ?

— Oui, malheureusement. Mettez-vous au fond de la caverne, je vais mettre le feu à ces piquets dès qu'ils seront là.

Soulia et Liam se dirigèrent vers le fond de la grotte avec Gold. Ils s'assirent et patientèrent. Les hurlements se rapprochaient et des grognements commençaient à se faire entendre.

Ils étaient là, prêts à ne faire qu'une bouchée du trio. Nick enflamma les piquets et se recula. Les Déchus étaient juste devant, essayant de trouver un endroit pour passer et entrer dans la caverne. Ils étaient là, comme des bêtes féroces, enragées de ne pas pouvoir accéder à leurs proies. Ils tournaient comme des lions en cage pour essayer de rentrer.

L'un d'eux s'embrasa et tomba du haut de la paroi dans un cri de douleur strident. Soulia put enfin voir à quoi ils ressemblaient. Une apparence humaine, des dents acérées comme des pointes, des griffes à la place des ongles, leurs yeux étaient rouge sang et leur peau était en lambeau par endroits. Ils avaient des marques partout. Ils étaient effrayants.

— Ils ne comprennent pas qu'ils ne peuvent pas passer ? soupira Liam.

— Non, ils sont têtus et leur cerveau ne doit plus être très actif à ce stade, plaisanta Nick.

Ils restèrent un bon moment à regarder les Déchus se battre avec le feu. Et, lorsque ces derniers abandonnèrent, ils purent profiter de la douceur de la nuit, pour se reposer à tour de rôle.

Chapitre 24

Liam fut réveillé par Gold qui lui lécha le visage. *Stupide chien*, pensa-t-il. Nick et Soulia étaient en train de bavarder assis sur le rebord de la paroi, les pieds dans le vide. Il se leva et se dirigea vers eux.

— Liam, regarde ! Ce lever de soleil est magnifique ! s'enthousiasma Soulia.

— Oui, c'est beau, ronchonna-t-il.

— Nous t'avons mis un peu de viande de côté pour ce matin.

— Vous avez déjà mangé ?

— Oui.

Il retourna dans la grotte et prit le morceau de viande qui était enveloppé dans un linge. Aussitôt fini, ils préparèrent leurs sacs et se remirent en route. Nick sortit de nouveau sa carte.

— Bon... Selon moi, nous sommes à deux jours de Montbard, alors il ne faut pas traîner.

Les sacs sur leurs dos, ils se mirent en marche d'un bon pas. Gold était en tête et reniflait tout ce qui se trouvait sur son chemin. Le soleil était haut dans le ciel et chauffait la terre d'une chaleur presque étouffante.

— Il fait vraiment trop chaud pour un mois d'octobre, non ? s'attarda Soulia.

— Oui, il n'y a plus de saisons, plus de loi de la nature, enchérit Nick. Dorénavant, la seule loi qui subsiste en ce monde, c'est la loi du plus fort.

La route s'annonçait être pénible et certainement semée d'embûches, mais le plus dur était à venir et ça, Nick le savait très bien. Cependant, il n'en parlait pas. Il ne voulait pas décourager le couple.

Le paysage autour d'eux commençait à reprendre des couleurs, au fur et à mesure qu'ils progressaient. Au loin, ils pouvaient voir une forêt s'étendre à perte de vue.

— Dépêchons-nous ! se hâta Nick. Plus vite nous atteindrons la forêt, plus vite nous pourrons nous reposer.

— Il faut qu'on trouve une source pour remplir les bouteilles, suggéra Liam. Avec cette chaleur, nous en avons presque épuisé la totalité.

— Oui, ne t'inquiète pas. Il faudra juste être prudents.

— Oui, on sait... À cause des Déchus, soupira Liam agacé par l'adolescent.

— Non, Liam. Pas cette fois-ci, mais je vous expliquerai… Allez, on court ! cria-t-il en rigolant.

Ils mirent seulement quelques minutes avant d'atteindre l'entrée de la forêt. Ils s'arrêtèrent devant et, à l'intérieur, tout était sombre. Des cris d'oiseaux et d'autres animaux résonnaient dans ce lieu où la végétation s'était installée depuis bien longtemps. Les branches s'entremêlaient, les ronces formaient des pièges et les racines des arbres rendaient difficile la possibilité de se frayer un passage.

— C'est la Forêt des Esprits, déclara Nick.

— Vous n'avez rien trouvé de mieux comme nom ? le charria Liam.

— Visiblement non… Soi-disant, les esprits de ceux qui ont péri ici lors du Crépuscule des Puissances hanteraient cette forêt.

— Je ne crois pas aux fantômes, répliqua sèchement Liam.

— Tant mieux… Alors c'est parti !

Ils commencèrent leur traversée de la jungle. Gold se trouvait entre Nick et Soulia et n'était plus aussi guilleret qu'avant. Le pauvre chien s'accrochait les poils partout où il passait. Puis, il s'arrêta net et se mit à grogner.

— Nick… Attends… Gold a flairé quelque chose, chuchota Soulia.

Les buissons aux larges feuilles frémirent à quelques mètres des aventuriers et Gold était de plus en plus agressif. Il montrait les dents en fixant les buissons, les poils sur son dos complètement hérissés. Il était prêt à bondir. Liam et Nick préparèrent leurs armes au cas où ils devraient tirer.

Tout à coup, ils virent apparaître un homme, noir de peau, tout maigre et de petite taille, avec des vêtements troués et par-dessus, une peau de coyote en guise de manteau. Il tenait un bâton dans la main qu'il pointa vers les trois jeunes comme une baguette magique.

— Qui êtes-vous ? Et comment osez-vous entrer ici ? dit-il d'une voix forte avec un accent bien prononcé.

— Nous sommes trois personnes et nous avons l'intention de traverser cette forêt, lança Nick. Et vous ?

— On me nomme... Le... Soooombre Gitan et... Je suis un.... maaaage très puissant ! annonça-t-il de manière théâtrale.

Nick, Soulia et Liam se regardèrent, puis laissèrent échapper un fou rire incontrôlé et incontrôlable.

— Vous êtes sérieux ? se moqua Nick. Le Sombre Gitan ! Mais c'est ridicule pour un mage !

— Vous êtes minuscule pour un mage très puissant, le ridiculisa Liam en riant de plus belle.

— Ça va, ça va... Pas la peine de vous bidonner ! Ramenez vos miches au lieu de rester plantés là comme des arbres, fit l'homme vexé en s'enfonçant de nouveau dans les fourrés.

Nick lui emboîta le pas et tous trois le suivirent sans se poser de question, tout en essayant de reprendre leur calme. L'homme les conduisit jusqu'à son domaine : une cabane construite dans les arbres, assez haut pour que seuls les oiseaux puissent l'atteindre, comme il le disait.

— Je l'ai construite moi-même, dit-il fièrement.

— Ah oui ? D'un coup de baguette magique ? pouffa Nick.

Ce qui fit rire Soulia et Liam une nouvelle fois.

— Oh ! Ça suffit ! Boucle-la, blondinet ! grommela le petit homme.

Ils montèrent tout en haut de l'énorme chêne grâce à une échelle faite de cordes et de planches et se retrouvèrent dans la demeure de ce curieux personnage. Arrivés en haut, Nick et Soulia lancèrent un dispositif de cordage à Liam qui était resté en bas avec Gold. Soulia avait insisté pour faire monter le pauvre chien. Elle ne voulait pas le laisser, de peur qu'il ne se fasse attaquer. Une fois le chien bien attaché avec le harnais bricolé, ils le hissèrent tout en haut.

— Allez-y, posez-vous. Je vous sers de la flotte ?

— Avec plaisir, affirma Nick.

Liam arriva enfin, et le trio s'assit sur un banc en bois et observa les moindres détails de cette jolie cabane.

— Depuis combien de temps vous vivez ici ? questionna Soulia emportée par sa curiosité.

— Depuis le Crépuscule des Puissances.

— Et votre nom... Je veux dire votre vrai nom, c'est quoi ?

— Lorial et vous ?

— Voici Nick, Liam et moi Soulia.

— Et qu'est-ce que vous tramiez dans ma forêt ?

— Nous devons nous rendre à Magara Kisi, sourit-elle.

— Ah ! Ah ! Ah ! Je vois qu'elle a de l'humour la mam'zelle ! s'exclama-t-il en buvant une gorgée d'eau.

— Elle ne plaisante pas, s'incrusta Liam. Nous allons à Magara Kisi.

— Oh ! Je vois... Vous faites partie d'une sorte de secte et vous avez prévu un suicide collectif... C'est ça ?

— Non, nous sommes très sérieux.

— Hum... Le mot exact c'est cinglés... appuya-t-il. Vous êtes tirés du chapeau ! Pourquoi ? Sincèrement, dites-moi pourquoi vous voulez bouger là-bas ? C'est peine perdue, à moins d'être un super-héros... Et encore, même un super-héros y laisserait ses pouvoirs.

— Parce que c'est de là que nous venons, continua la jeune femme intriguée par l'accoutrement de leur hôte.

— Attends ! Je ne te suis pas fillette. Comment ça, vous venez de Magara Kisi ?

— C'est là qu'on habitait avant le... Crépuscule des Puissances comme vous le dites, précisa Liam.

— Oh, je vois ! Et vous avez l'intention d'y retourner pour quoi ? Pour finir votre vie ? Vous espérez peut-être vous installer là-bas jusqu'à devenir séniles ? Alors que vous pourriez faire comme moi ?

— Comme vous... C'est-à-dire... Nous balader dans les bois déguisés en coyote ? gloussa Nick.

— Très marrant, très marrant, garçon, ironisa Lorial. C'est un camouflage et c'est fait pour se camoufler !

— Ce n'est pas vraiment réussi, ricana Liam.

— Pourquoi vous ne faites pas comme moi et vous ne trouvez pas un endroit pour y vivre tranquille ?

— Mis à part les Shelters, il n'y a pas d'endroits tranquilles par ici. Les Déchus sont partout, dit Nick de son ton las.

— Les quoi ? De quoi tu me parles, mec ? Je ne comprends rien à ton baragouin et pourtant je parle le même jargon que toi ! s'écria Lorial.

— Laisse tomber, rigola Nick.

— Ouais, cool, les mecs ! Non, sérieusement, vous voulez vraiment aller au pays de la mort là ?

— À Magara Kisi, rectifia Soulia agacée.

— Ouais, cool, ma belle... Reste tranquille. C'est la même chose. J'ai vraiment affaire à des barges, les mecs ! Y'a rien là-bas à part la mort.

— Il faut qu'on essaye !

— Je vois l'espoir briller dans tes yeux fillette, mais sache que ça ne te sera d'aucune utilité. Non, non, ce qu'il te faut c'est un bon coup sur la tête pour te remettre les neurones en place, chérie.

— Non, merci, ça ira, soupira Soulia.

— Pourquoi une jolie minette comme toi va crapahuter dans les bois pour aller se jeter dans les bras de la mort ? En plus, tu te trimbales avec deux mecs qui se prennent pour Crocodile Dundee. Non, ma caille, ça craint ! Moi, je te le dis claro ! Tu ferais mieux de décamper d'ici vite fait avant de te faire camper par...

— Euh... Tu pourrais parler moins vite parce que je n'ai pas tout compris en fait, dit Soulia embarrassée.

— Ouais, normal, t'encaisses rien. Si t'encaissais un s'tif, tu ne serais pas ici.

— Si j'encaissais un quoi ?

— Peu importe, interrompit Nick. On peut passer la nuit ici ?

— Quoi ? T'as miroité, mon pote ! Ici, c'est chez moi et je ne veux pas de barges chez moi, alors dégagez avant que je vous dégage !

— Ah oui ? Et tu vas nous dégager avec quoi ? s'amusa Nick. Je te signale qu'on a des armes, qu'elles sont chargées et que toi tu as... une baguette... pas magique. Alors ?

Lorial les dévisagea plusieurs fois, un par un, à tour de rôle. Puis il pencha la tête à gauche, puis à droite, pour faire craquer ses cervicales, prit une grande inspiration et répondit :

— Alors... Je ne mettrais jamais mes potes à la porte ! Soupe d'orties pour ce soir, j'espère que ça vous va parce que je mange bio et é-qui-li-bré !

La nuit arriva rapidement. La température était tombée dans la forêt, Nick et Liam dormaient déjà tandis que Soulia n'arrivait pas à trouver le sommeil. Elle préféra aller tenir compagnie à Lorial installé sur une large branche à l'entrée de la cabane.

— Tu ne dors pas encore, fillette ?

— Non, je n'y arrive pas.

— Il suffit pourtant de fermer les yeux, c'est pas bien compliqué...

— Lorial ?

— Ouais !

— Tu habitais où avant le Crépuscule des Puissances ?

— Nulle part, ou plutôt partout. J'étais à la rue.

— Oh... Je suis désolée.

— Tu sais, si je n'avais pas été à la rue, je n'aurais pas survécu. T'imagines si j'avais eu un toit, il se serait écroulé sur moi. De la bouillie de Lorial ! Voilà ce que ça aurait fait !

Soulia ne put empêcher un petit rire. *Il est bizarre, mais tellement marrant*, pensa-t-elle.

— Et ton nom, le Sombre Gitan, il te vient d'où ?

— J'sais pas, je trouvais que ça faisait smart tu vois.

— Non.

— Non, tu vois pas ? Mais t'encaisses vraiment rien, chérie !

— Si je vois, mais non, ça ne fait pas... smart...

— Smart... Ça veut dire classe quoi !

— J'avais compris, sourit-elle gentiment.

— T'encaisses pas si mal que ça, en fait. Allez, va faire la somnole, sinon le voyage va pas du tout être smart pour toi.

Chapitre 25

Les oiseaux chantaient à présent l'arrivée du soleil, les trois jeunes aventuriers finissaient de se préparer, afin de reprendre la route. Ils remercièrent Lorial pour son accueil chaleureux, repartirent le long de l'échelle et Lorial leur fit descendre le brave Gold de la même manière qu'il l'avait fait monter. Un dernier signe de main et ils s'enfoncèrent dans la jungle du Sombre Gitan.

Ils s'arrêtèrent un peu plus loin au niveau d'un point d'eau indiqué par leur nouvel ami pour remplir les bouteilles, et Nick en profita pour sortir sa carte et évaluer le trajet.

— Prochain arrêt, la Tour de l'Aubespin.

Le paysage était tout de brun vêtu et l'air était lourd. Le trio avait marché toute la journée et s'apprêtait à passer la nuit dans un tout nouvel endroit, complètement différent des deux derniers. Pas de grotte, ni de cabane dans un arbre, le décor n'offrait que des ruines de pierre et de béton.

Seul un édifice ne s'était pas effondré lors du plus gros cataclysme de tous les temps. Ils s'arrêtèrent devant une tour de quarante mètres de haut.

— Qu'est-ce que c'est ? demanda Soulia.

— C'est la Tour de l'Aubespin, un des rares monuments qui a tenu le coup, et c'est là que nous passerons la nuit.

— T'es sûr que ce n'est pas habité par je ne sais quel mage, ria Liam.

— À vrai dire, je n'en ai aucune idée, sourit Nick. Mais nous allons découvrir ça tout de suite.

L'adolescent prit une lampe torche et se dirigea vers la porte branlante qu'il poussa brusquement dans un nuage de poussière. Il éclaira l'escalier et commença à monter, suivi de ses deux compagnons de route et de Gold.

Des rats avaient érigé domicile en ces lieux, mais pas le moindre autre signe de vie. Ils continuèrent leur ascension jusqu'au cinquième étage, où il y avait une table renversée, ainsi qu'un canapé et un fauteuil. Tout était recouvert de poussière et de toiles d'araignées.

Soudain, un hurlement similaire à celui d'un loup se fit entendre dans le lointain de la nuit.

— Je vais barricader la porte d'en bas et la coincer, fit Nick en regardant par l'étroite fenêtre. Comme ça nous pourrons dormir sans avoir besoin que l'un de nous veille.

— Très bien. Je vais nettoyer un peu tout ça pour qu'on puisse avoir un peu de confort pour ce soir, proposa Soulia qui était prête à tomber dans un sommeil profond.

Liam vérifia que Nick était bien descendu, avant de se diriger vers sa chère et tendre.

— Tu ne trouves pas ça bizarre ? chuchota-t-il.

— De quoi ?

— Nick.

— Non, il est très gentil.

— Oui, je ne dis pas le contraire, mais tu ne trouves pas ça bizarre qu'il ait voulu nous accompagner, alors qu'il ne nous connait même pas.

— Il a voulu nous aider.

— Nous aider en se sacrifiant ? Soulia, qui ferait ça de nos jours ? Tous ceux qui ont survécu à leur Crépuscule-truc, remercient le ciel de les avoir épargnés et ne sont certainement pas prêts à mourir. Et voilà qu'il débarque et qu'il veut nous accompagner dans le lieu considéré comme le plus dangereux du monde... Et il était limite enthousiaste en plus !

— Chéri, il est jeune, d'accord. Il est orphelin aussi. Il a tout perdu dans cette catastrophe, alors que peut-il bien avoir à perdre de plus ?

— J'en sais rien, mais je trouve ça vraiment bizarre.

— Tu sais, Nick était là quand ils m'ont trouvée dans ce bar. Il portait une arme. Il m'a aidée à monter dans la voiture, et ensuite, nous avons été attaqués par les Déchus et il a pris le volant pour nous sortir de cette embûche. Il n'a peut-être que dix-huit ans, mais il est très courageux. Avant de nous accompagner, il faisait partie des chefs du Shelter November, alors je pense que c'est quelqu'un de fiable. Il est peut-être jeune, mais il est fiable.

Une fois le ménage fait et les portes bloquées, Nick alluma les bougies qu'il avait dénichées au deuxième et troisième étage et les disposa dans la pièce pour avoir un minium d'éclairage. Ils mangèrent un peu de viande offerte par Lorial et se couchèrent. Soulia et Liam prirent le canapé, tandis que Nick se recroquevilla dans le fauteuil.

Il faisait froid dans la tour, ils n'avaient pas de couverture et ne pouvaient pas se permettre d'allumer un feu, mais Liam eut la bonne idée de regrouper les bougies au centre de la pièce et d'y disposer le canapé et le fauteuil autour. C'était une maigre source de chaleur, mais c'était mieux que rien.

Liam se coucha près de sa bien-aimée, ferma les yeux et s'endormit. Nick regardait les flammes dansantes des bougies, tandis que Soulia était perdue dans ses pensées.

— Alors, vous allez y faire quoi ? questionna Nick.

— Comment ? demanda Soulia, surprise.

— Vous allez faire quoi dans la Zone 1 ? Je vous ai entendu parler la nuit où nous étions chez Liam. Et je n'ai pas très bien compris ce que vous deviez y faire.

— Oh ! s'étonna la jeune fille confuse. Eh bien, je ne sais pas vraiment si je peux t'expliquer, c'est assez... Comment dire... Compliqué.

— Écoute, Soulia. Je vous ai accompagnés jusqu'ici sans rien vous demander, alors j'estime que maintenant j'ai le droit de savoir ce qu'il en est. Pourquoi ce voyage ?

Soulia se leva et alla s'asseoir par terre près de Nick.

— Je veux bien t'expliquer, mais je ne sais pas si tu vas comprendre grand-chose.

— Essaie quand même...

— Tu te rappelles le décès qu'il y a eu dans le Shelter ?

— Oui.

— C'était une vieille amie qui vivait dans la Zone 1. Elle disait qu'elle avait des dons de voyance, mais personne ne la croyait, jusqu'à ce qu'elle fasse plusieurs prédictions concernant les évènements de la fin du monde. Elle ne s'est jamais trompée. Lorsque je suis arrivée au Shelter Papa, elle a demandé à nous voir en privé Liam et moi. Elle devait nous dire quelque chose d'important. Elle est la raison de notre voyage.

— Que vous a-t-elle dit ?

— Pas grand-chose... Elle est décédée à ce moment-là. Tout ce qu'elle a eu le temps de dire à Liam, c'est que de sombres choses allaient se produire dans peu de temps et que seuls Liam et moi pouvions y remédier. Et que pour ce faire, il fallait qu'on retourne là-bas.

— Et tu as une idée de ce qu'elle voulait dire en parlant des sombres choses ?

— Non, je ne sais pas pourquoi elle a dit ça. Je ne sais pas ce qu'elle a vu venir non plus, mais je lui fais confiance, car elle ne s'est jamais trompée dans ses prédictions.

— Pourquoi vous appelez ça Magara Kisi ? C'est la Zone 1, non ?

— Oui, mais la Zone 1 a été construite sur une ancienne cité antique du nom de Magara Kisi. Une légende racontait qu'un jour Magara Kisi redeviendrait le refuge de l'humanité.

— Tu sais ce qui se passe là-bas ?

— Non, pas du tout.

— Les gens disent qu'une force maléfique s'y est installée.

— Les gens disent beaucoup de choses... Qui ne sont pas forcément vraies...

Soulia se releva, embrassa Nick sur le front et retourna se coucher près de Liam.

Chapitre 26

La nuit avait été calme, seuls les couinements des rats auraient pu réveiller les trois aventuriers. Nick était le premier levé, comme toujours. Il regarda par la fenêtre et vit que l'aube allait bientôt pointer à l'horizon. Il réveilla le jeune couple et rangea leurs affaires dans les sacs à dos, tout en rouspétant après Gold qui lui barrait le chemin en jappant après lui. Ils ouvrirent la porte et le chien dévala les escaliers, pressé de sortir pour se dégourdir les pattes.

Arrivés en bas, il faisait encore bien sombre. Ils sortirent donc leurs lampes torche et avancèrent dans le clair de lune.

— Attendez ! s'écria Nick.

— Tu as oublié quelque chose ? demanda Soulia.

— Non, c'est juste que je pense qu'il faut qu'on s'arrête et qu'on attende quelques minutes, que le jour soit vraiment levé. Je n'arriverai pas à me repérer dans la nuit et je ne veux pas me tromper de route.

— Très bien, alors attendons ici, déclara Liam.

Gold aboya bruyamment et détala dans l'obscurité, comme un lapin pris en chasse.

— Gold ! Reviens ici ! cria Soulia.

La jeune femme ne chercha même pas à comprendre et courut immédiatement à la poursuite du chien, suivie de Nick et Liam qui ne pouvaient se résoudre à la laisser seule dans les ténèbres.

Ils coururent jusqu'à ce que les premiers rayons du soleil frappent la Terre. Gold s'était arrêté au niveau d'un ruisseau et lapait l'eau.

— Soulia ! Il faut mettre une laisse à ce clébard, s'essouffla Liam.

— Il a raison, enchérit Nick. C'est dangereux. On aurait pu être attaqués par n'importe quoi ou n'importe qui en lui courant après comme ça dans le noir.

— C'est vrai... Je suis désolée, s'excusa Soulia. Mais j'ai eu tellement peur qu'il lui arrive quelque chose que je n'ai pas pris le temps de réfléchir.

— Ce n'est pas grave. Nous sommes tous là et nous allons bien, Gold y compris, déclara l'adolescent. Et vu qu'il fait quasiment jour, je vais pouvoir regarder la carte et vous dire par où nous allons.

— Fais donc, confirma Liam.

Après un court instant, Nick replia la carte et se mit à rire.

— Qu'est-ce que tu as ? dit Soulia qui était en train de caresser le vieux chien.

— Grâce à Gold, nous sommes sur la bonne route donc... On peut continuer dans la même direction.

Ils marchèrent pendant des heures et des heures, jusqu'à un village en ruine. Un vent léger s'était levé et faisait des tourbillons dans le sable qui recouvrait le béton. Le trio semblait être sur la route principale de cette petite ville.

Des bâtiments s'étendaient à perte de vue de part et d'autre d'eux. Des bâtisses aux murs fissurés, aux toits effondrés, aux enseignes instables. Ils avançaient d'un pas certain jusqu'à ce que Gold se mette à grogner. Nick et Liam sortirent leurs armes et restèrent attentifs. Soulia restait proche de deux garçons. Elle scrutait chaque édifice devant lequel ils passaient. Elle regardait en arrière aussi, de peur qu'ils ne soient suivis.

Ils passèrent devant une ancienne boucherie et elle s'arrêta, perplexe. Il y avait une créature qui était de dos, occupée à fouiller dans l'ancienne boutique. On aurait dit un monstre très trapu et très maigre, tellement maigre qu'on pouvait déceler chacune de ses vertèbres, apparaissant comme de petites bosses dans son dos. Il ne portait pas de vêtements en haut et n'avait pas de cheveux. Sa peau avait l'air d'être poisseuse et irritée. Il faisait des bruits étranges, ressemblant à des grognements. Soulia resta là à le regarder faire.

Les deux garçons s'arrêtèrent et interpellèrent la jeune femme.

— Soulia ! Tu viens ? cria Liam.

Quelle erreur ! Le monstre se retourna et fixa Soulia de ses yeux rouges, pétrifiée à la vue de cet horrible personnage. Il avait un nez crochu et des dents acérées, avec la bouche couverte de sang qui dégoulinait. Nick se dirigea vers elle, discrètement et lui attrapa la main. La créature afficha un sourire diabolique et poussa un cri strident. En un clin d'œil, une multitude d'autres créatures du même genre sortirent des bâtiments voisins.

— Courez ! hurla Nick en tirant Soulia.

— Qu'est-ce que c'est ? cria-t-elle.

— Les Déchus !

Ils en avaient une bonne trentaine à leurs trousses. Les Déchus étaient rapides. Ils pouvaient se déplacer aussi bien à quatre pattes que sur leurs deux pieds. Ils pouvaient grimper aux murs et sauter de bâtiment en bâtiment. Les balles tirées par les deux garçons fusaient dans l'air et mettaient à terre de nombreux Déchus, mais ce n'était pas suffisant. Ils arrivèrent bien vite à la sortie de la ville et se retrouvèrent face au néant. Il n'y avait rien à part du sable à perte de vue.

— Stop ! Regardez ! s'écria Liam.

— Pourquoi ils s'arrêtent ? demanda Soulia

— Je ne sais pas, mais restons tout de même prudents, répondit Nick. Il faut que je recharge mes armes, et toi Liam, t'en es où ?

— Pareil. Si je ne recharge pas, je ne vais pas faire long feu.

— Oui, c'est le cas de le dire, fit remarquer l'adolescent.

— Tu sais où on est ? questionna Soulia en sortant une bouteille d'eau de son sac.

— J'ai ma petite idée et si je ne me trompe pas, ce n'est pas la route que je voulais emprunter, mais... On fera avec.

— Comment ça ? On est perdus ? râla Liam.

— Euh... Ça dépend dans quel sens tu entends le mot perdu, dit Nick avec un sourire gêné.

— Dans quel sens veux-tu que je l'entende ?

Nick déplia sa carte et l'examina pendant quelques secondes, puis il soupira et la replia.

— Alors ? s'impatienta Soulia.

— Alors, c'est bien ce qu'il me semblait. Nous ne sommes pas sur la route que je voulais emprunter, mais comme je l'ai dit, on fera avec.

— Ça veut dire quoi : on n'est pas sur la route que tu voulais emprunter ? Où sommes-nous exactement ? insista Liam.

— Nick, nous sommes toujours en direction de Magara Kisi ou on s'en éloigne ? précisa Soulia.

— Non, on ne s'en éloigne pas, au contraire. Le chemin que je voulais emprunter était plus long.

— Alors, tant mieux ! On y va ! se réjouit Liam. Plus vite on sera repartis et plus vite on sera arrivés à Magara Kisi. Allez, Gold ! Finie la sieste !

Soulia remit son sac sur son dos et dévisagea Nick. Il avait l'air perturbé :

— Ce n'est pas normal. Pourquoi se sont-ils arrêtés ?

— Nick, est-ce que ça va ? lui demanda-t-elle avec douceur.

— Oui, c'est juste que... Non, rien. C'est pas important.

— Si, dis-moi... Qu'est-ce qu'il y a ?

— Les Déchus se sont arrêtés... Ce n'est pas normal. Ils n'abandonnent jamais une proie.

— Ils ont peut-être eu peur ?

— Oui, certainement, mais de quoi ? Emmy et John m'ont toujours dit que les Déchus n'avaient aucun état d'âme, qu'ils ne ressentaient plus rien. Alors, pourquoi ? Nous sommes dans un endroit dangereux et ce n'est pas près de s'arranger.

— Tu en es sûr ?

— Certain… Au bout de cette vallée, c'est la mort qui nous attend les bras grands ouverts.

— Pourquoi ? Qu'est-ce qu'il y a au bout ?

— Les Meadows… Liam ! Attention ! cria-t-il.

Mais c'était trop tard Liam se retrouva projeté en arrière et retomba face contre terre. Soulia et Nick se précipitèrent vers lui.

— Oh, mon dieu ! Chéri, tu n'as rien ?

— Vite ! Debout, mon pote ! Il faut partir d'ici.

— C'est… C'est… C'était quoi ça ? bégaya Liam encore sonné.

— Aucune idée, mais on s'en fiche. Il faut foutre le camp et vite !

À peine remis sur pied et reparti, voilà que ça recommençait. Non seulement le même évènement se manifesta de nouveau, mais ils se retrouvèrent tous les trois projetés en arrière. Et le phénomène continua autour d'eux. Des choses invisibles sortaient brusquement du sable avec une force phénoménale, soulevant le sable sur plusieurs mètres de haut. Ils se relevèrent tant bien que mal et se mirent à courir en essayant d'échapper à ces attaques qui avaient la même forme que des jets d'eau.

Au bout d'un long moment à tenter de fuir ces geysers granuleux, ils réussirent à se rejoindre et se retrouvèrent tous les trois encerclés par des jaillissements qui devinrent incessants. Ils regardèrent ce mur de sable qui les encerclait et tournoyait, et se recroquevillèrent sur le sol.

Des visages hurlant se formèrent tout autour d'eux. On aurait dit des fantômes. Soulia cria de terreur et Nick la prit dans ses bras pour la protéger. Ils restèrent repliés sur le sol en se protégeant le visage. La tornade de sable qui les encerclait s'agrandit de plus belle, dans un bruit assourdissant. Les aboiements du vieux chien paraissaient, alors si lointains. Gold qui avait les poils hérissés sur son dos, grognait et aboyait après ce phénomène. Par moment, il se mettait à sauter pour attaquer, mais il se reculait bien vite.

Puis soudain, sans aucune explication, le sable retomba d'un seul coup sur eux. Ils attendirent un instant avant de se relever et de s'épousseter. Ils avaient tous des égratignures un peu partout. Gold aboya et se mit à japper à la vue de ses trois maîtres.

— Oui, Gold, t'es un bon chien, le félicita Soulia.

— C'était quoi ça ? s'enquit Liam.

— Je n'en sais rien, répondit Nick qui tapotait sur son sac pour faire tomber le sable. Allez, en route ! On ne devrait pas rester là.

— C'était vraiment bizarre, reprit Soulia. Tu ne trouves pas ? Tous ces visages autour de nous, j'aimerais savoir ce que c'est.

— Pas le temps de chercher, gronda Nick. Il faut partir ! Nous avons encore une dizaine de jours de marche jusqu'à Magara Kisi.

Chapitre 27

Une pointe de bleu et de jaune apparut dans le vortex[7], l'image se brouilla légèrement et se dissipa petit à petit, pour ne laisser apparaître que de fins nuages blancs.

— Alors comme ça, ils sont dans la Vallée des Âmes Perdues. C'est parfait ! Faites-le venir !

Elle alla s'asseoir sur son trône doré et patienta. Elle était belle et tellement fière dans sa robe longue de couleur blanche et dorée, telle une déesse grecque.

— Vous m'avez fait demander, Reine ?

— Oui. Va prévenir le Maître que le plan se déroule comme prévu et qu'ils atteindront bientôt les Meadows.

— Les Meadows ? Mais ils vont y rester !

— Je ne t'ai pas demandé ton avis. Je t'ai simplement demandé d'aller prévenir le Maître. Est-ce si difficile ?

— Non, bien sûr que non. J'y vais de ce pas.

---

[7] Objet divin agissant comme une boule de cristal. Il permet de voir ce que l'on désire.

Le messager salua la Reine et se retira. Il referma la porte derrière lui et bougonna :

— Est-ce si difficile gna gna gna... Va prévenir le Maître gna gna gna... Pff... Piètre reine !

Il poussa une lourde porte, en haut d'un grand escalier dont il ne voyait pas la fin. Il attrapa une torche sur le mur de pierre humide et entama sa descente tout en continuant de parler tout seul :

— Comme si je n'avais que ça à faire de venir ici ! Elle aurait pu demander ça à quelqu'un d'autre ! Ce n'est pas mon travail. Qui est-ce qui fait tout le sale boulot ici ? C'est moi ! Et cet escalier est toujours aussi interminable...

Une fois arrivé tout en bas, il poussa une autre porte et entra dans un hall énorme qui contenait lui-même cinq portes. Le plafond était orné d'une gigantesque fresque et les murs peints d'une couleur foncée. Il laissa sa torche, se dirigea tout droit et tourna la poignée. Ensuite, il marcha dans un long couloir illuminé par des torches flamboyantes, au bout duquel se trouvait une autre porte. Il pouvait entendre quelqu'un jouer de la musique et chanter. Il prit une grande inspiration et poussa la porte en bois.

I am a King
And I...
I'll take control
Of your bloody souls
You know that I never let go...[8]

Le Maître tout de rouge et de noir vêtu, était assis derrière son piano et chantait d'une voix envoûtante. Elle résonnait dans la pièce, et autour de lui, ses sujets restaient silencieux et à l'écoute. Le messager n'hésita pas à l'interrompre en se raclant la gorge. Les mains du Maître s'arrêtèrent brusquement sur les touches du piano, puis il se retourna vers l'homme gêné.

— Tu oses m'interrompre pendant la meilleure partie de cette chanson ? J'espère que tu as une bonne raison de le faire.

— J'ai un message de la Reine, répondit-il confiant.

— Je t'écoute.

— Le plan se déroule comme prévu. Les Déchus les ont bien guidés dans la bonne direction. Les Sables n'ont pas fait trop de dégâts et ils atteindront bientôt les Meadows.

Un silence envahit l'espace et le Maître se leva. Il esquissa un large sourire et se mit à rire, puis il cria :

---

[8] Extrait de la chanson "I am a King", écrite et composée par Johanna Zaïre.

— Nergal !

Là, un faucon apparut par le haut du plafond dans la salle, il vola en cercle autour de lui et se posa sur son bras.

— Merci, messager. Tu peux à présent te retirer et dire à la Reine que je lui donnerai mes instructions en temps voulu.

Le Maître attendit que le messager soit parti, fit sortir ses sujets à l'exception de trois d'entre eux, à qui il demanda :

— Allez me la chercher !

Ils s'exécutèrent et le Maître resta seul avec son oiseau.

— Nergal, mon beau Nergal... La fin est proche ! Nous allons bientôt toucher au but. Mais, avant cela, j'ai une mission pour toi.

L'oiseau se mit à battre des ailes en guise de réponse.

— Va trouver Mary et préviens-la. Dis-lui qu'il est temps pour elle d'agir. Elle sait ce qu'elle a à faire.

À ces mots, le petit rapace prit son envol et s'éloigna par un trou dans le plafond de pierre. Le Maître alla s'asseoir à son piano et se remit à jouer de plus belle.

— Bientôt... La gloire...

Il fut de nouveau interrompu à cause de cris venant du couloir. La porte s'ouvrit.

— Lâchez-moi ! Lâchez-moi !

— Faites-la taire ! cria-t-il en frappant sur les touches du piano.

La jeune femme arrêta de crier. Elle était agenouillée par terre, immobilisée par les sujets du Maître qui lui tenaient fermement les bras. Elle avait des chaînes aux poignets et aux chevilles. Sa longue chevelure blonde était sale, les larmes coulaient sur ses joues arrondies. Le Maître se leva et se dirigea vers elle. Il lui releva la tête et sécha ses larmes.

— Pourquoi pleures-tu, ma Chère ? Tu n'as pas de raison de pleurer. Les mondes seront bientôt miens, alors je ne vois vraiment pas pourquoi tu te mets dans un tel état. As-tu réfléchi à ma proposition ?

— Jamais ! Tu m'entends ? Jamais je ne serai de ton côté ! dit-elle en le foudroyant du regard.

— Donc tu préfères rester enfermée à vie… C'est bien cela ?

— Ai-je vraiment le choix ? sanglota-t-elle.

— Bien entendu, ma Chère. On a toujours le choix. Noir ou blanc ? Thé ou café ? Vivre ou mourir ? La vie n'est faite que de choix. Te concernant, soit tu t'associes à moi en devenant mienne, soit tu restes enfermée à vie dans mes sublimes prisons.

— Ce n'est pas ce que j'appelle avoir le choix. Si j'avais le choix, je te tuerais de mes propres mains.

— Allons, allons… Pourquoi tant de haine ? Nous savons tous les deux que tu en es incapable, et comme je suis un homme bon, je te laisse encore un peu de temps pour réfléchir à ma proposition.

— Encore faudrait-il que tu sois un homme...

— Comment oses-tu me parler de la sorte ?

— De la même manière que tu le fais.

— Oui, vas-y, rigole ! Amuse-toi ! Mais quand tu changeras d'avis, c'est moi qui rirai.

— Je ne changerai pas d'avis.

— Nous verrons ça. Crois-moi... Tu changeras d'avis une fois que tout sera sous mon contrôle.

Chapitre 28

Le trio s'était réfugié au pied d'un vieux peuplier qui avait subi la furie de la nature, mais qui tenait encore sur ses racines.

Après tout ce qu'ils avaient vécu, une nuit au calme leur ferait le plus grand bien.

Liam s'était allongé près du feu et s'était endormi, épuisé. Soulia regardait les flammes, perdue dans ses pensées, et machinalement de sa main droite, elle caressait Gold qui s'était couché à ses côtés. Nick, quant à lui, avait vidé son sac pour le nettoyer un peu et enlever le sable qui était tombé à l'intérieur.

Il le secoua et s'apprêta à remettre ses affaires dedans. Il attrapa un livre qu'il épousseta avec précaution, puis il l'ouvrit et en tourna quelques pages.

Soulia sortit de ses songes et le regarda faire. Son regard s'arrêta sur cet épais bouquin.

— Où as-tu eu ce livre ? se précipita-t-elle.

— Oh, c'est votre vieille amie qui me l'avait donné quand nous t'avons ramenée.

— Qui ? Edna ? s'étonna Soulia.

Nick hocha la tête et vit que la jeune femme réfléchissait.

— Qu'est-ce qu'il y a ?

— Pourquoi te l'a-t-elle donné ?

— Je ne sais pas.

— Comment ça tu ne sais pas ? Nick, elle a bien dû te dire quelque chose.

— Elle m'a dit que c'était un cadeau de bienvenue... Mais j'ai trouvé ça bizarre, car je suis le seul à en avoir eu un. Sauf si elle a pris Emmy et Carter à part, mais je ne me rappelle pas avoir été séparé d'eux.

— Elle devait avoir une bonne raison de te le donner.

— Pourquoi ?

— Parce que ça ne peut pas être une coïncidence.

— Comment ça ? Je ne comprends pas, Soulia.

— Ce livre... soupira-t-elle. Elle me l'avait montré une fois lorsque j'étais chez elle dans la Zone 1. Elle m'a fait lire un texte. Alors je ne pense pas que ce soit une coïncidence.

— Je vois ce que tu veux dire. Le fait qu'elle te fasse lire le livre, qu'ensuite elle me le donne et que je me retrouve avec vous, tu trouves ça...

— Bizarre ! Edna devait savoir que tu viendrais avec nous, alors elle a mis le livre en ta possession, mais pourquoi ?

— Peut-être que ça a un rapport avec ce qu'elle a dit à Liam.

— Certainement, tout doit avoir un lien, mais pourquoi ce livre ? Je peux regarder, s'il te plaît ?

Nick tendit le bouquin à la jeune femme assise en tailleur, qui le posa sur elle. Elle l'ouvrit et tourna les pages rapidement à la recherche du fameux poème.

— Oui, c'est bien ce livre et c'est ce poème qu'elle m'a fait lire.

— Quel poème ? demanda Nick interloqué.

Soulia se rapprocha du feu pour pouvoir lire correctement :

Je suis née dans le néant,
Là où le soleil levant
Et la Lune d'argent
Étaient comme mes parents.

De mon nom Gaïa
J'avais un destin :
Terre Mère tu seras
En accueillant les humains.

Au début de mon existence,
On m'a offert l'eau
Qui coulerait en abondance
Pour exprimer mes maux.

On m'a offert le vent
Pour respirer aisément.
Il souffle au fil du temps
Et dans le firmament.

On m'a offert la foudre
Pour crier ma colère,
Sans pour autant résoudre
Et exaucer mes prières.

C'est avec le temps,
Et certaines de mes colères,
Que ma chair en se soulevant
Créa les montagnes de pierres.

Après la création de mes puissances
Vint celle des humains.
Je leur ai donné naissance,
Je les ai créés de mes mains.

Ils ont semé les guerres
Et en n'avaient que faire.
Ils ont semé la souffrance,
Je suis tombée dans le silence.

Bien qu'ils aient une conscience,
Ils n'en firent rien.
Tout leur était sans importance,
Ils me pillèrent sans fin.

Jusqu'à ce jour où je déciderai
De la sentence que je leur infligerai,
Pour l'insouciance et le manque de respect,
Et cette reconnaissance que je ne vis jamais.

Quand ce jour arrivera,
Je réunirai mes puissances.
Quatre éléments il y aura,
Mais pour eux, aucune chance.

Ils connaîtront la force de l'eau
Submergés par les flots.
Ils connaîtront la force du vent,
Je les soufflerai en un instant.

Je les engloutirai avec des failles,
Ils sombreront dans mes entrailles,
Et de la foudre viendra le feu,
La dernière danse, la fin du jeu.

Au début de mon existence,
On m'a offert quatre puissances
Qui émergeront de ma souffrance,
La fin du jeu, la dernière danse.

Au crépuscule de la violence,
Au crépuscule de la malchance.
Que le spectacle commence !
Au crépuscule des puissances.

Lorsque Soulia finit de lire le long texte, elle releva la tête vers Nick qui la dévisageait d'un air à la fois stupéfait et apeuré.

— Quoi ? lança-t-elle. Pourquoi tu me regardes comme ça ?

— Soulia... Ce n'est pas un poème...

— Comment ça ?

— C'est écrit au début de ce livre, qui n'est pas un... livre... déclara-t-il en appuyant bien sur le mot.

— Qu'est-ce que tu racontes ? Qu'est-ce qui est écrit ? s'affola-t-elle en tournant les pages pour revenir au début.

— C'est un vieux grimoire, Soulia... Donc ce sont des incantations...

La suite ?

Découvre la suite des aventures de Soulia, Liam et Nick dans le tome 2 :

Les Roitsy de Magara Kisi – La Prophétie...

L’auteure :

Tout d’abord, merci de m’avoir lue, car sans mes lecteurs et lectrices, cette aventure n’aurait pas le même goût. Je m’appelle Johanna Zaïre et je suis une auteure intuitive, indépendante et passionnée.

Auteure : J’écris depuis l’adolescence. J’ai publié mon 1er livre en maison d’édition en 2005 à 17 ans, et je ne me suis jamais arrêtée d’écrire depuis.

En 2013, j’ai résilié mes contrats avec mes éditeurs après avoir fait le choix de continuer en autoédition pour pouvoir vivre de ma plume.

En mars 2018, j’ai enfin réalisé ce rêve d’en faire mon métier. Et c’est un rêve qui dure, encore et toujours.

Malgré les nombreuses embûches que je peux rencontrer en chemin dans cette aventure d’artiste indépendante, je persévère et travaille dur pour continuer à vivre de ce qui m’anime.

Intuitive : J'ai très vite abandonné l'idée de faire un plan, des fiches et de structurer mes romans avant de démarrer l'écriture. Ça n'a jamais été pour moi. Je ne sais pas faire.

Depuis toujours, j'écris à l'intuition. C'est naturel pour moi. C'est comme si je voyais un film défiler sur un écran et que je retranscrivais tout ce que je perçois.

J'ai un lien très particulier avec mes personnages qui sont mon fil conducteur. Grâce à cette connexion que j'ai avec eux, je peux tout voir, entendre, sentir et ressentir, comme si je vivais leurs aventures à leurs côtés.

Depuis 2022, j'ai développé mon approche de l'écriture via l'écriture intuitive en accompagnant des Plumes (auteurs en herbe ou confirmés) qui, comme moi, ne s'en sortaient pas avec des méthodes trop cadrées.

J'ai pu découvrir combien l'écriture intuitive est magique, ainsi que tous les bienfaits qu'elle peut nous apporter d'un point de vue thérapeutique.

N'hésite pas à découvrir tout ce que j'ai à t'offrir en te rendant sur mon site internet :

www.johannazaireofficiel.com

De la même auteure :

Autobiographie/Témoignage

- Rebirth : de la cendre au phœnix *(2019)*
- Maindness *(2024)*

Aventure/Fantastique

- Nightmare - L1 - Le Réveil *(2020 – Ouvrage hybride)*
- Nightmare – L2 - Suprématie *(2023 – Ouvrage hybride)*
- Les Roitsy de Magara Kisi T1, T2, T3 *(2014, 2016, 2017)*

Dystopie

- World War Web - T1 - WWW *(2015)*
- World War Web - T2 - S 2.0 *(2021)*
- World War Web – T3 – Black-out *(2025)*

Thriller psychologique

- Sanatorium *(2013)*
- Phantasmagoria – Recueil de nouvelles *(2016)*
- Les murmures de l'ombre *(2024)*

Jeunesse
• Piti-Crok contre les Miam's *(2018)*
• Piti-Crok et le Nuage Obscur *(2025)*

Romance policière
• Trafic *(2014)*

Poésie
• Obscur Clarté *(2006)*
• Destin, Hantise, Rêves et Renaissance *(2012)*
• Poésie *(90 poèmes + 130 Photos - 2022)*

Le savais-tu ?

Cet ouvrage a été autopublié. Cela signifie que j'ai pris à ma charge tous les frais que peut engendrer sa publication, mais également sa distribution et sa promotion.

Si tu as apprécié ta lecture, n'hésite pas à en parler autour de toi. Le bouche-à-oreille est ma première source promotionnelle.

C'est grâce à mes lecteurs et lectrices que je peux faire découvrir mon univers à d'autres et ainsi étendre ma communauté.

Pour soutenir les artistes indépendants comme moi, c'est simple, il suffit de faire découvrir leurs œuvres à ton entourage et via les réseaux sociaux.

Merci à toi !

Johanna.

www.ingramcontent.com/pod-product-compliance
Ingram Content Group UK Ltd.
Pitfield, Milton Keynes, MK11 3LW, UK
UKHW041637190726
13854UKWH00006B/2553

9 791092 640021